目次

第一話　火男《ひょっとこ》の面

一

――あの馬鹿野郎をのさばらせておいては、世の中のためにならん。

常日ごろ、朧月寒山《おぼろづきかんざん》が馬鹿野郎と罵《のの》しり憤《いきどお》るのは、幕府老中として権勢を振るう、田ノ倉恒行《たのくらおきゆき》に向けてである。

田ノ倉の悪政は豪商との、度の行き過ぎた癒着《ゆちゃく》にある。そこから吸い上げる巨額の賄賂《わいろ》を糧《かて》にして、幕府を私物化していることに、寒山は我慢できずにいた。田ノ倉の権勢に脅《おび》え、泣かされる商人はかなりの数に上る。それと多分に、寒山が大名だったときに、陥《おとし》いれられた政敵としての遺恨《いこん》があった。積年の恨みというのは、なかなか癒《い》えるものではない。

田ノ倉を老中の座から引きずり下ろすため、大名であった井川但馬守友介《いかわたじまのかみともすけ》は齢《よわい》五十にして隠居し、朧月寒山と名を変えた。あえて江戸の市中に身を置き、田ノ倉の悪行を暴こうと目論《もくろ》む。不忍池《しのばずのいけ》近くの下谷車坂《したやくるまざか》に隠居所『寒月庵《かんげつあん》』を構え、信頼のおける四人の側衆と共に移り住んだのが明和《めいわ》五年の如月《きさらぎ》であった。

それからおよそ、半年が過ぎている。

本家井川家が財政難の折である。隠居所にまで余分な負担はかけなくてもよいと、寒山は最近になって、本家の援助を断っていた。日がな一日、将棋《しょうぎ》を指したり囲碁《いご》を打ったりの遊んでいる身では、家臣、領民に後ろめたくもある。だが、後《うし》ろ盾《だて》が途絶えては、食うにも支障をきたしてくる。

米びつが底をつき、その日の糧にも困った寒山がため息混じりに口にした。

「――なんとかせんといかんな」

「屈強な男衆《おとこし》三人と、機転が利く娘一人が側にいて、飢え死にとは洒落《しゃれ》にもなりませんな」

寒山の呟《つぶや》きを耳にし、側衆の一人である花村右京ノ介《はなむらうきょうのすけ》が口にした。右京ノ介は、寒山が大名であったときの警護役であり、井川家の剣の指南役だった男である。三十五歳と働き盛りで『無限真影流《むげんしんかげりゅう》』の免許皆伝。太平の世には、珍しい剣豪であった。

「でしたらご隠居、手前どもが働きに出たらいかがでしょうか？」

提言したのは、井川家の御殿医《ごてんい》であった孔沢《こうたく》である。寒山の体調管理をするために、側についている。蘭学《らんがく》を学び医者としての腕もさることながら、東洋医学にも精通する。針療治や灸《やいと》にも、腕の利く鍼灸師《しんきゅうし》でもあった。

「私が町に出て、人々に療治を施《ほどこ》せば、けっこうな稼ぎになります」

総髪にくわいの芽のような髷《まげ》をした孔沢が、一膝乗り出して言った。

「さすが孔沢先生だ、いいこと言うぜ。だったらあっしも水汲《みずく》みかなんかで、稼いできますぜ」

肌が浅黒く日焼けし、筋骨逞《きんこつたくま》しい白兵衛《しろべえ》が口にする。元は、井川家のお庭番として仕えていた忍びである。薪割《まきわ》りや水汲みなどの力仕事は、白兵衛の得意とするところだ。井川家の御前相撲《すもう》大会において、一位の座を勝ち取ったこともある力自慢だ。

「あたしも芸妓《げいぎ》か何かになって、少しは稼いできます」

紅一点のお峰《みね》が、しゃなりと仄《ほの》かな色気を見せて言った。二十三になり少し薹《とう》が立った娘であるが、男好きのする調《ととの》った顔立ちである。女忍びのくの一ならば、芸妓となって男を手玉に取るくらい朝飯前だと、自信の一端をのぞかせた。寒山の身の回りの世話をするためにいる、下女の役目であった。白兵衛のもとで修行をした女忍びだけあって、身のこなしは軽い。

みな、一癖も二癖もある連中である。

「ならば、拙者も働かないといかんですな」

話が、右京ノ介に戻った。

「拙者は、どこかの道場の剣術の指南か、はたまた道場荒らしで……」

「みんなの気持ちは、ありがたい」

右京ノ介の話をみなまで聞かず、寒山が口を挟んだ。

「わしの器量が至らぬために、余計な心配をさせてしまったの」

寒山の、殊勝《しゅしょう》な声音《こわね》であった。

「何をおっしゃられますか、ご隠居。拙者らが働いて糧を得るのが当たり前。ご隠居につまらぬご苦労、ご心配をさせるのは、身共《みども》らの至らなさから。側衆として、これほどの恥はございません」

「右京様のおっしゃるとおり。日がな一日、ブラブラとやり過ごしていることのほうが、むしろ辛《つら》いところでさ。人は働かなくては、どんどん体も頭も衰えていくと言いますしな」

白兵衛が、力瘤《ちからこぶ》を晒《さら》して言った。

「となると、わしも働きに出んといかんの」

白兵衛の言葉に、寒山が身を乗り出して言った。

「ご隠居には、大事なお役目がございます。日ごろおっしゃっている馬鹿野郎を陥れるためには、何をせないかんかを考えておられませんと。飯の種に働いたとあったら、拙者ら家臣はみな切腹ものでございます」

「右京さんの、おっしゃるとおりでございます。だが、心配することはございませんぞ。五人の食い扶持《ぶち》なんぞ、私一人で充分です。なんといっても、医者は儲《もう》かりますからなあ」

孔沢が一人、糧を得てくると買って出た。

「あたしも何か……」

「お峰は、ご隠居の世話という大事な仕事があるだろう。芸妓となって、つまらぬ男の世話などすることはない」

お峰の申し出は、孔沢により却下された。

「白兵衛さんも寒月庵《こ》だけでも、けっこう忙しそうだ。それと、もしものときの探りがあるし、急場で動けなくては本末転倒だ。右京さんもしかり。ご隠居の警備と遊び相手に専念してくださいまし。ですから、ここは手前一人にお任せください」

「そうだな。みんなそろって働きに出たら、いざというとき身動きが取れんからの。ここは、孔沢の稼ぎに頼るとするか。すまんな、孔沢」

「謝られるなんてとんでもございません、ご隠居。孔沢、働いてこいとご命じくださりませ」

「分かった、ならば、働いてこい」

寒山の命令で、とりあえず生活の面は、孔沢一人に托《たく》すこととなった。

さすが、医者の稼ぎは並みの仕事とは違う。五人が糧を得るに、孔沢は充分な収入をもたらせていた。

秋風が吹きはじめた葉月《はづき》の中ごろのこと。その日の夕刻、療治に出かけていた孔沢が、息急《いきせ》き切って戻ってきた。

「ごっ、ご隠居……」

右京ノ介相手に将棋を指していた、寒山の手が止まった。

「どうした、孔沢？」

「せっ、せんざい……」

「落ち着きなさい。日ごろ冷静沈着な孔沢にしては、ずいぶんな慌てぶりだな」

寒山がたしなめるそこに、「孔沢先生、これを飲んで」と、咽喉《のど》を嗄《か》らす孔沢に、お峰が湯冷ましを与えた。

「田ノ倉を陥れる、千載一遇《せんざいいちぐう》の好機が訪れましたぞ」

湯呑《ゆのみ》の水を一気に飲み干し、孔沢が言い放った。

「どういうことだ、孔沢先生？」

右京ノ介が、勢い片膝を立てて問うた。その勢いで将棋板を蹴《け》り上げ、寒山優勢の一番を台なしにしてしまう。

「すいません、ご隠居」

「右京も、落ち着け。将棋より、孔沢の話のほうが大事だ。どんな話か分からぬが、白兵衛も呼んできなさい」

外で、風呂の湯を沸かしている白兵衛を、お峰が呼びにいった。

白兵衛が部屋に入り、五人が車座となった。床の間を背にした上座に寒山が座り、左回りに右京ノ介、孔沢、白兵衛、そしてお峰が座る。全員で策を練るときも食事を摂《と》るときも、この並びが定位置であった。

「話を聞こうではないか。それで……？」

寒山が、孔沢の話を促す。

「今しがた、筋違御門《すじかいごもん》に近い神田相生町《かんだあいおいちょう》で高利の金貸しを営む『黒松屋《くろまつや》』というところに呼ばれ、主《あるじ》の堀衛門《ほりえもん》さんに針療治を施したところ……」

孔沢が、そのときの様子を端《はな》から語りはじめた。

血の巡りが悪く、肩凝《かたこ》りとともに頭痛に苛《さいな》まれると堀衛門は症状を口にした。

「――おそらく、気鬱《きうつ》の病かと思われます」

孔沢が、病状を診《み》立てた。

「気の塞《ふさ》ぎから、血流が脳に届かず、それで頭痛をきたすものと。血の圧が高いこともありますが、それ以上に何かご懸念されていることがございますか？」

「さすが、孔沢先生だ。どうも、心配事があって眠れん」

「このようなご商売をやっておりますと、他人《ひと》の恨みを買うでしょうからな」

高利貸しについて回る気煩《きわずら》いであると、孔沢が肩の凝り部分を指圧しながら言った。

だがこの堀衛門、貧しい市井《しせい》の人たちに金を貸し、貶《おとし》めたことは一度もない。黒松屋が貸し出す先は、お目見得《めみえ》以上の大身《たいしん》旗本か大名などの武士がほとんどであった。たまに、資金に困った大商人なども相手にする。高利であるが、その便利さから利用する客は、かなりの数に上っていた。

「人の恨みを買うのは慣れてるが、今度のことではいささかまいった」

「何がございましたのでしょう？」

悩みを聞き出し、患者の気鬱を癒《いや》すのも医者としての務めである。

「お話しされていただきましたら、お気持ちが和《なご》むと思われます」

「話したいのは山々だが、こればかりは絶対に人には言えん」

「左様ですか。でしたら、お聞きしません」

孔沢は口にするも、気になることがあった。余計なことかと思うも、気鬱の元を知りたくなった。

「このあたりが、かなり血の巡りが悪くなっておりますようで」

「ああ、そこを押されるとかなり痛い」

と言いながら、堀衛門は悦《えつ》に入っている。いわゆる『痛《いた》気持ちよい』という感覚である。

「くーっ、気持ちいい」

「気持ちがよいのは、いっときだけです。それで、病状が回復したことにはなりません。根源から治しませんと、いつまで経っても気煩いからくる血流の悪さは改善されません」

指圧から、針へと療治を移す。

針療治が、首筋から頭の付け根に施される。

「いかがですか、よく効きますでしょう。ここに針を打ちますと、ぐっと気持ちが楽になります」

「そうだな」

針療治となって、堀衛門はさらに悦に入っている。

「何にお気を煩わせているか、お話しになればなおさら楽になりますぞ。いったい、何がございましたので？」

孔沢が、堀衛門の耳元で囁《ささや》くように訊《き》いた。すると、堀衛門の口がおもむろに動き出す。

「聞いてもらえるかの、孔沢先生」

「はい。お気持ちが楽になっていただけるようにとの思いだけで、けっして他言はいたしません」

　嘘も方便とばかり、孔沢が口にする。

「幕府の老中が、明日の夕刻までに、一万両寄こせと言ってきているのだ。期限が迫り、どうしたらよいかと」

　堀衛門の悩みに、やはりかとばかり、孔沢が小さくうなずく。堀衛門の表情は、針療治の快楽からか虚《うつ》ろである。語りに、ためらいがない。

　幕府の老中と聞いて、孔沢は問うて正解と思った。

「ほう、明日中に一万両もですか？　それは、大変なご要望ですな。いくら、老中とはいえ、無茶なことを言われます」

「だが、その一万両を供出しないと……七千両は今日中にできそうなのだが、どうしてもあと三千両ほどが足りん」

　ガクリと音を鳴らすように、堀衛門の肩が落ちた。

「一万両を差し出さないと、どうなりますので？」

「店を潰《つぶ》すと言ってきている。そうなると、もうお終《しま》いだ」

　町人を脅して金を巻き上げる、かなり悪質な幕閣だ。証《あか》しが取れれば、充分陥れる大義名分となりうる。堀衛門の嘆きは分かるが、もっと肝心なことを聞き出さなくてはならない。町人をいたぶる老中の名を聞き出せば、寒山の大願成就が果たせるというものだ。

――こいつは、絶対に聞き出さんと。

孔沢の、針を打つ手に力が入る。

「そんな無茶なことを言ってくる老中ってのは、いったい誰なんです？」

「いや、そこまでは言えん」

と言ったまま、堀衛門は口を噤《つぐ》んだ。

「すべてを話していただきませんと、いつまでたっても……」

閉じた口を開かそうと、孔沢がもう一針打とうとしたところであった。

「旦那《だんな》様……」

障子の外から声がかかり、堀衛門の気はそのほうに向いた。

「今、針療治の途中だ。あとにしなさい」

「それが、大事なお客様で……与左衛門《よざえもん》様からご使者の方が……」

「おお、来てくれたか」

気鬱が吹き飛ぶほど、堀衛門の歓喜の声音となった。

「すまんが先生、大事な客が来たようだ」

堀衛門の喜ぶ様子から、どうやら残りの三千両の工面《くめん》がつく客のようだ。訊きはしないが、孔沢はそう解釈した。

「分かりました。針療治の途中となりますが、仕方ございませんな。また、明日にでもまいりましょうか？」

どうしても、賄賂を要求した老中の名を聞き出したいと、孔沢は療治を翌日に回すことにした。その際、寒山も一緒に連れてこようと思い立っていた。

「肩の芯に凝りが残っていますので、それを取り除いておきませんと、いつまでたっても楽になりません」

孔沢が、来訪の口実を作った。

「ならば、朝方来てもらいましょうかの。昼近くになったら、出かけますのでな」

「かしこまりました」

医者が持ち歩く手提げの箱、薬籠《やくろう》ともいうが、針療治の道具をそこにしまい、孔沢は立ち上がった。

二

黒松屋堀衛門との話を、孔沢は四人に聞かせた。

「その老中の名が聞けなかったのは残念だが、それはもう田ノ倉に間違いなかろう。ほかに、そこまでの要求を突きつける老中は思い当たらんからの。だが、念のためにも名だけは聞き出さないといかんな」

確かに絶好の機と、寒山が身を乗り出すようにして言った。

「ですので明日、朝早いですが、ご隠居も一緒にまいりませんか？」

「それは、願うところだ。だが、わしがいたら主人《あるじ》は訝《いぶか》るのではないか？」

「ですから、私の師匠という触れ込みで。療治の際、ご隠居は偉そうにうなずいているだけでけっこうです」

「主人の口から田ノ倉の名が出たら、わしの市中での隠居生活も終わりとなるな。あとは、本家に戻り老後の算段をせねばならん」

腕を組み、感無量の面持《おもも》ちで寒山は言う。

「ですが、いささかお寂しいのではございませんか？」

お峰が、寒山の気持ちを推《お》し量《はか》った。

「まあ、寂しくないと言っては嘘になるが、やはりあやつを陥れるのが、わしの本懐《ほんかい》だからの。その気概だけは、捨ててはならん」

寒山の、ぶれない決意に取り巻き四人は大きくうなずきあった。

「堀衛門さんの口から、その名が漏れればよろしいのですな」

白兵衛が、うなずきながら一言添えた。

「とにかく明日、どうしてもその名を口にさせる。それにしても、一介《いっかい》の町人に一万両も出せと、よくしゃあしゃあと言えるものだ」

「それでは、いくら豪商といえど、堪《たま》ったものではございませんな」

「まったくだの、右京。しかし、なんで一万両も吹っかけるかのう？　これまではせいぜい二千両か、多くとも三千両であったが……」

首を傾《かし》げながら寒山の、呟くような口調であった。

「よほど貯《た》め込んでいるのを、知っているのではないでしょうか。それに、高利で稼いだ金です。遠慮もないのでございましょう」

「まあ、そんなところだろうの」

右京ノ介の返しに、寒山はうなずく仕草を見せた。

「だが、それほど黒松屋は阿漕《あこぎ》ではないのだろ？」

寒山の問いが、孔沢に向いた。

「はい。困ったときは、どこも黒松屋に助けられてますようで。少々利息が高いのも、仕方がないものと」

孔沢が、黒松屋を擁護《ようご》した。

「とにかく、いよいよだ。今夜はその前哨《ぜんしょう》として呑もうぞ。お峰、酒の仕度をしなさい」

「かしこまりました」

「俺も手伝うぞ、お峰」

お峰と一緒に白兵衛も立ち上がり、勝手場へと向かった。

翌日、朝五ツを報《しら》せる鐘《かね》の音を聞いて、寒山と孔沢は神田相生町の黒松屋へと向かった。

孔沢は、白の小袖《こそで》の上に黒の十徳《じっとく》を羽織っている。寒山は逆に、黒っぽい小袖に白の十徳で医者を装った。ただ、寒山の月代《さかやき》に載った髷《まげ》は、結い直す間もなく、武士を彷彿《ほうふつ》とさせる。もし、頭の形で何か訊かれたら適当にあしらうことにしている。

昨夜呑みすぎて、いくぶん二日酔い気味であるが、そんなことは言ってられない。寒山は、気丈《きじょう》に足を急《せ》かせた。

高利貸しなので、看板も掲げない一軒家の商いである。それでも、客が迷ってはまずいと、看板代わりの小さな表札だけは門に掲げていた。『黒松屋』と書かれた表札を見ながら、寒山は小首を傾げた。町人の家にしては、脇門も備える立派な門構えの屋敷である。その脇門には閂《かんぬき》がかかっておらず、三寸ばかり開いている。金を扱う商売にしては用心が足りないと、訝しみながらも邸内に入った。

戸口の引き戸を開けて母屋《おもや》に入ると、人のうめき声が奥の間から聞こえてくる。

「何かあったか？」

「そのようで……」

寒山と孔沢が、急ぎ雪駄《せった》を脱いで式台に足をかけた。

声のする部屋に入ると、四人が縄で一括《ひとくく》りにされ、猿轡《さるぐつわ》をかまされ身動きがとれずにいる。

中に女が一人交じっているのは、堀衛門の内儀のお駒《こま》という女である。それと、三人の奉公人たちであった。

その中に、堀衛門の姿はない。

「何があった?」

四人の猿轡と縄を解きながら、寒山が問うた。いきなり猿轡を解かれても、すぐには声が出せない。苦痛と安堵《あんど》が入り混じったような喘《あえ》ぐ声が、しばらくつづいた。

苦しさから解放されるには、少しのときが必要だ。逸《はや》る気持ちを、寒山と孔沢は抑えた。

「こっ、孔沢先生……」

孔沢とは顔見知りの番頭が、苦しげな声音でようやく言葉を発した。

四十歳に近い、番頭の顔が青ざめている。

「時蔵《ときぞう》さん、何があったのです?」

番頭の名は、時蔵といった。孔沢とは、二度ほどしか顔を合わせていないが、互いに名は知っている。

「夜中に……押し込みが……入って……」

一気に言葉を発することができず、途切れ途切れである。

「落ち着いて、話してもらえませんか?」

「金を……盗《と》られました」

震える声で時蔵が答えた。傍《かたわ》らにいる、堀衛門の妻であるお駒は畳に顔を伏せ、語れる状態ではない。ただ、嗚咽《おえつ》が漏れるばかりだ。

ほかの男二人は、ともに手代である。三十手前と、二十代半ばの男たちである。

黒松屋は、堀衛門を含めた四人の男衆《おとこし》で商われていた。

貸し金の取り立てが主な仕事であるため、三人とも強面《こわもて》で、体も大きく屈強そうである。番頭の時蔵は、元は侍であったと聞いている。それなりの、腕が立つ男たちが猿轡をかまされ、縄で縛られていたのだ。

「それで、ご主人の堀衛門さんは……？」

「それが、昨夜出かけたまま、まだ戻ってきてないのです」

孔沢の問いに、時蔵が答えた。

「戻ってないと……どちらに、出かけたので？」

「金を工面に行ってくると……」

いったいどうなっているのかと、黒松屋の面々が首を傾げている。

――それにしてもおかしい。

部屋の中に、抵抗した痕《あと》がないのが、寒山には不思議に思えた。だが、ここでの応対は孔沢に任せ、黙ってやり取りを聞いている。

「ご主人のことはともかくとして、賊《ぞく》はどんな男たちで……？」

孔沢が、問うた。

「それがみな侍でして、七人が全員刀を抜いて押し入ってきて……」

侍が七人、抜刀して押し入られては、どんなに屈強な男が三人いても、抵抗は無理だと寒山は得心した。

「どんな、人相で？」

「身形《みなり》から、どこかの家臣とは思われますが、それがみな、火男《ひょっとこ》の面を被《かぶ》っていて、面相までは……」

分からないと、男たち三人がそろって首を振る。

「それで、盗られた額はどれほどで？」

孔沢の問いに、そろってうつむく。口から出せないほどの額のようだ。

「もしや、七千両……？」

堀衛門から聞いていた額を、孔沢は言った。

「なぜに、それをご存じなんで？」

四角張った強面の眉間《みけん》に、縦皺《たてじわ》を刻んで時蔵が問うた。

「きのう、堀衛門さんから聞いてました。一万両を幕府に供出しなくてはならないと。そのうちの七千両は、用意ができると言ってましたから」

老中とは口にせず、孔沢は幕府と言った。

「あの金は、幕府に差し出す金だったのですかい？」

「知らなかったので？」

一万両の使途を、奉公人たちは知らなかったようだ。

「旦那様から、とにかく掻き集めてこいと言われ、きのうようやく取り立ててきた七千両を盗られたのです。三千両が足りなく、昨夜はご自分で取り立てに向かったのです」

「それってのは、もしや与左衛門さんというお方のところで？」

孔沢が、昨日耳に挟んだことを訊いた。

「そういえば、手前がその名を口にしましたな」

時蔵が、思い出したように言った。

「きのうの与左衛門さんのご使者から、為替《かわせ》で払うので夜に取りに来てくれと。誰か一緒についていけばよかったのですが……」

昨夜、出かけたまま、未だ堀衛門は帰ってこない。

時蔵の答に、寒山が顔を顰《しか》めた。その間に店は押し込みに遭《あ》って、七千両を強奪されている。

「とにかく、ご主人の安否が気になりますな」

これまで黙っていた寒山が、小声で口を出した。

「これから御番所に……」

町人は、奉行所のことを御番所という。三次郎《さんじろう》という年上の手代が立ち上がろうとするのを、時蔵が止める。

「いや待て、三次郎。これは、滅多に届けは出さんほうがいいかもしれん。旦那様の帰りを待ってから……それにしても、いったいどうしたのだ？」

心配が、時蔵の顔にもろに出ている。そこに、お駒のすすり泣く声が聞こえてきた。

「やはり、御番所に届けよう」

気が変わったか、時蔵が立ち上がった。

「御番所に届けるのはよいが……」

寒山が口にする。

「何か、まずいことでも？」

「ご主人の安否を気遣《きづか》うのはよいが、金が盗まれたことは言わないほうがよいかと思う」

寒山の言葉に、時蔵の睨《にら》みを利かした目が向いた。

「この人、いったい誰なんだい？」

「手前の師匠で、寒山先生という名医だ。治すのは体だけじゃなく、困っていることがあれば、なんでも相談に応じてくれる偉い先生ですぞ」

「なんだか、お武家さんのようですが……」

「そうです。このお方は元はお武家で、今はなんでも治すお医者でございます。一緒に来ていただいてよかった。まさか、黒松屋さんが、こんなことになっているとは思いもしませんでしたから」

孔沢が適当にあしらう。その言葉を受けて、寒山が大きくうなずきを見せた。

「おっ、お願いです」

そこに、お駒の声が絡《から》んだ。

「あなた様のほうから、御番所に届けていただけませんか？」

「いや、お内儀。やはり、それはよしたほうがよろしいかと」

「なぜに……？」

寒山の返しに問うたのは、時蔵であった。

「ご主人が心配なのは、痛いほど分かります。だが、届け出れば押し込みのことも語らんとならん」

寒山が、説《と》き伏せ口調で理由《わけ》を語る。

「盗られた金が幕府への賂《まいない》金とあらば、それは表沙汰《おもてざた》にできぬもの。いろいろと、訊かれもしましょう。語れば、都合の悪いことがあるかもしれんので、幕府は頭から揉《も》み消しを謀《はか》るでしょうな。すると黒松屋さんに難儀がかかることがあるものと」

田ノ倉の名が揉み消され、引っ込むことを寒山は懸念した。そんなことを脳裏に浮かばせながら、さらに語る。

「それと、賊はお武家と聞いてます。となれば管轄は町奉行所ではなく、大目付《おおめつけ》か目付の範疇《はんちゅう》。あるいは、勘定奉行が絡むかも分からん。となると、黒松屋さんに、咎《とが》めがあるかもしれませんぞ」

この事件の探索をほかの手に渡したら、田ノ倉を追い詰めることはできなくなる。そのために、脅しも少し入れた。

「どうだろうか。泣き寝入りをするくらいなら、この件をわしらに任せてもらえんかの？」

寒山は、探索を買って出ることにした。なんだかんだ言っても、やはり田ノ倉の商人《あきんど》泣かせは見捨てておけない。

「あなたさまは、いったい何者で……？」

こうなると、誰も寒山を普通の人間と見る者はいない。

「先ほども申した、医者でございますぞ。だが、治すのは体だけではない。悪人を懲《こ》らしめ、世の中から毒を取り除くのも医者の務めですからな」

寒山は、今しがた思いついた、独自の言い分を語った。

「なので、何があったのか、詳しく話してくれんかの。けっして、悪いようにはせんから」

寒山の顔が、時蔵に向いた。

「かしこまりました」

時蔵がうなずき、承諾する仕草をした。

三

時蔵の口から、昨夜の経緯《いきさつ》が語られる。

「七人の徒党に押し込まれたのは、夜四ツの鐘が鳴る四半刻ほど前のことでした」

脇門の閂は、堀衛門が出かけているのでかけずにおいた。その堀衛門が出かけたのは、それより一刻ほど前の暮六ツ半ごろだという。

夜四ツ前に襲われてから丸一夜、猿轡をかまされ、ずっと縛られて身動きが取れずにいたことになる。縄が解かれて楽になっても、しばらく口が利けなかったのもうなずけると、寒山は思った。

「旦那様が、戻ってくると思ってましたのに……」

時蔵の顔が、苦渋《くじゅう》で歪んでいる。七千両の金があるのに、閂を外しておいたのが迂闊《うかつ》だったと、悔やんだ。

閂は誰のせいでもなかったことが、これで分かった。

――だが、賊は閂がかかっていないのを、なぜ知っていたのか？

ここは疑問に残ると、寒山は頭の奥に留めた。

寝込みを襲われ、男衆たちは抵抗もできずに縛られ、難なく七千両の金を奪われた。

「……七千両というと、千両箱で七箱か。七人の徒党とは、都合がよすぎるな」

寒山の呟きは、自問自答であった。それにしても、不可解なことが多いと首を傾げたそこに、思ってもいなかった新たなる火種が飛び込んできた。

「ごめんくだされ」

戸口のほうから、声がかかった。

「仙吉《せんきち》、おまえがいってこい」

時蔵が、仙吉という若い手代に命じた。かしこまりましたと言って部屋から出ていった仙吉は、真っ青な顔をしてすぐに戻ってきた。

呆然《ぼうぜん》とした表情に、目は虚ろである。

「どうした、仙吉？　様子が変だぞ」

「だっ、旦那様が亡くなったみたいです」

「なんだと！」

寒山と孔沢も交えた驚愕《きょうがく》が、屋敷中に鳴り響いた。そこに、黒羽織を纏《まと》った定町廻《じょうまちまわ》り同心らしき男が部屋へと入ってきた。

「たくさん、お集まりで……」

寒山と孔沢に、同心の目がちらりと向いた。

「旦那様に、何が……?」

時蔵の震える問いが、同心に向いた。

「ついさっき報せがあって、昌平橋《しょうへいばし》の橋脚にここの旦那の遺体が引っかかっていた。身元はこれで、すぐに知れた」

言って同心は、懐《ふところ》から書状を取り出した。

「油紙に包まれてたんで、濡れてはなかった。すまねえが読ませてもらうと、ご新造さん宛の書き置きだった。そんなんで、奉行所では自裁《じさい》として処理するが、遺体を引き渡す前に何があったか知りてえ」

「何かと申しますと……?」

「旦那さんに、ここのところ何か変わったことがなかったかってことだ」

時蔵の問いに、尋問《じんもん》口調で同心が言った。

「いえ、とくにございませんが」

顔を下に向け、時蔵が首を振りながら言った。

「何やら、金の工面ができずそれを悲観して神田川に飛び込んだようだが」

書き置きの文《ふみ》の中に、そのようなことが記されている。筋違御門の一つ上流に架かる橋が、昌平橋である。そこから、前途を悲観した堀衛門は身を投げたと、同心は決めつけるように言った。

部屋にいる者は誰も、堀衛門が自裁したなどとは考えてもいない。だが、幕府への供出金が盗まれたと、語ることもできない。

「それで、主の遺体は……？」

時蔵が、咽喉を嗄らしたような声で訊いた。

「今、湯島横町《ゆしまよこちょう》の番屋にある。だが、顔面が石にぶつかったか、潰れて……お内儀は、見ぬほうがよかろう」

同心の口調だけで、酷《ひど》さが分かろうというものだ。神田川は、渓谷のように深く抉《えぐ》られている。昌平橋の高さから飛び込んだら、ひとたまりもなかろう。

「いずれにせよ誰かに確かめてもらわねばならん。それでここの主人と分かったら、すぐさま引き取ってもらいたい」

事件とはならず、それで奉行所の手から離れる。

――だが、なおざりにはできんな。

田ノ倉への遺恨もあろうが、それとは別に、堀衛門の死の真相を暴くためにこの事件を突き止めたいと寒山は思い立った。

「それでは先に行っているので、すぐに来てもらいたい」

同心は、用件を告げると戻っていった。

「私が検死をいたしましょう」

孔沢も、寒山と同じ思いである。堀衛門の死に、大いなる疑問を感じていた。遺体を調べることによって、何かが分かるかもしれないと遺体の吟味《ぎんみ》を買って出た。

「おまえたち、旦那様を連れてきておくれ」

意気消沈しているかと思ったお駒が、気丈にも奉公人を指図する。

「番頭さんと三次郎で、行ってきておくれでないかい。あたしと仙吉は、旦那様を迎え入れる用意をしておくから」

「おかみさん、大丈夫なので？」

「何を言ってるのさ、仙吉。あたしを、誰だと思ってるんだい。金貸しの女房となったときから、こういったことの覚悟はできているさ」

そして、お駒の顔が寒山と孔沢に向く。

「寒山先生、どうか旦那様の仇《かたき》を取ってくださいませんか。先ほどから話を聞いてまして、頼れるのはお二人だけ。主人は自裁などする人ではございません。絶対に誰かの手が絡んでおります。どうか、下手人《げしゅにん》を……」

「お内儀、分かっておりますぞ。よくぞ、気丈に申してくれた。必ず、ご主人の無念を晴らしてやりましょう」

　これで、奇怪な事件に寒山たちは足を突っ込むこととなった。


　神田相生町から湯島横町までは、さして遠くない。

　番屋の土間に、戸板に乗せられ筵《むしろ》が被せられた遺体が横たわっている。

「そなたは医者のようだな」

　先に番屋に来ていた定町廻り同心が、孔沢に向かって言った。

「はい。黒松屋の主の体の具合をよく診て差し上げておりました」

「それで、こちらのお方は？」

　同心の目が、寒山に向いた。

「手前の医術の師匠でございます。たまたま黒松屋に用事がありまして一緒に来ましたらこんな有様でして……」

「左様か。ならば、確かめてくれんかな」

同心は言うも、筵をめくるのは嫌なようだ。番屋の番人は、近寄ってもいない。ちょうどよく医者が二人もいると、安堵しているようだ。

「それでは……」

横たわる遺体に合掌《がっしょう》して、孔沢は筵をめくった。着ている羽織と小袖は濡れてどす黒く、元の色は分からない。それに遺体の潰れた顔では、一目で堀衛門と判断がつくものではない。

時蔵と三次郎も見ているが、恐る恐る顔を背けながらである。

「帯の柄は、旦那様のものと……それと、体つきからして……」

変わり果てた堀衛門の姿に顔を顰めるも、締めている献上柄《けんじょうがら》の帯に時蔵は覚えがあるようだ。

「はい。確かに番頭さんがおっしゃるように、手前も帯の柄に覚えがございます」

手代の三次郎も、堀衛門に間違いなかろうと言う。

「ならば、すぐさま連れて帰ればよかろう」

町方同心の言葉に、少し離れたところにいる番人がうなずいた。早く、遺体を片づけてくれとでも言いたげな表情を向けている。

「このままですとご新造さんが……早桶《はやおけ》に納めて運びたいと存じますが」

時蔵が、要望を出した。

「左様であるな。主のこの顔を見たら、ご新造も腰を抜かすであろう。すぐさま、早桶を手配すればよかろう」

同心の許しを得て、三次郎が棺桶屋へと奔《はし》った。

早桶が届く前に、孔沢は遺体を検分した。頭の先から爪先までを診て、立ち上がった。

「どうだ、何か変わったことがあったか？」

検分の際、孔沢が小さく首を振り、寒山が小さくうなずいた仕草に誰も気づいてはいない。

「いえ。体の傷は確かに高いところから落ちてできたものと……」

孔沢の診立てはそれだけだが、同心を得心させるに充分であった。

「これで、自裁に間違いはなかろう。あとは五平《ごへい》に任せたぞ」

番人の五平という年寄りに、同心があとを托す。そして、一時も長くここにはいたくないと、おざなりの言葉を残して同心は番屋から去っていった。

それから間もなくして早桶が運び込まれ、遺体は納められた。

まだ訊きたいことがあると、寒山と孔沢は納棺された遺体と共に黒松屋へと戻った。

ものを言わなくなった主の帰宅を、お駒は正門を開いて迎え入れた。

「お帰りなさいませ」

目尻に手布を当てるも、取り乱すことはない。

「……さすが、豪商の内儀だ」

気丈なお駒の出迎えに、寒山が小さく呟いた。

「ご隠居……」

一番うしろについた孔沢が、前を歩く寒山に小声をかけた。

「どうした？」

「少しお待ちを……」

と言って、孔沢が庭の奥へと入っていった。そして、すぐに戻る。

「こんなものが、植木の陰に落ちてました」

孔沢が拾ってきたのは、火男《ひょっとこ》の面であった。

「賊が被っていたものか？」

「間違いございませんでしょう。賊の誰かが落とし、風で飛ばされたものと」

二人が立つ戸口の手前から、少し離れたところに火男の面はあった。

「ずいぶんと、作りが立派な物だな」

祭りで子供が被るような、安っぽい作りではない。能面師の手で彫られたような、木彫りの面であった。

「手がかりとなろうから、しまっておきなさい」

手箱の中に孔沢は面を収め、母屋へと足を踏み入れた。

「番頭さんに、聞きたいことがあるのだが」

棺の納められた部屋から、別の間へと時蔵を呼んだ。

「ご主人が言っていた、与左衛門さんというのはどちらのお方で？」

寒山が、時蔵に問うた。

「先だって五千両を貸し付けました、日本橋本石町《にほんばしほんこくちょう》の米問屋『山形屋《やまがたや》』さんのご主人でございます。元金と利息で、そのうちの三千両をお返し願いたいと打診しましたところ、きのうお遣いの方が来て了解したと、言付けられておりました。ただし、与左衛門さんの帰りは遅くなるので、返すのは宵《よい》五ツになるとの仰《おお》せでした」

「ずいぶんと遅くに……」

「ですが、どうしてもそのお金がないと……」

「そんな夜分に、どうしてお独りで行かれたのです？」

孔沢の問いであった。

「仙吉をお供につけようとしましたが、旦那様は一人で行くと。それよりも、七千両の番をしておけと言われまして……ですが、結局は賊に押し入られてしまった」

悔やみが、時蔵をうな垂《だ》れさせた。

「ところで、番頭さん……」

孔沢の呼びかけが、時蔵の頭を上げさせた。

「やはりと言ってはなんですが、旦那様は殺されたものです。自裁ではありませんな」

「そうでしたか」

すでに覚悟はしていたか、さほど驚かぬ時蔵の表情であった。

「それで不可解なのは、書き置きが油紙に包まれて懐にあったと町方は言ってましたよな?」

　寒山の問いである。

「そのようで……」

「書き置きとは、身投げをするときにその場に置いておくもの。それと、油紙に包んでおいたというのがどうも……まあ、それはよいとして、米問屋山形屋から受け取った為替というのは持っていなかったのかな?」

「それにつきましては、同心は何も言ってなかったですな」

　寒山の問いに、孔沢が答えた。

「はたして、堀衛門さんは山形屋に行ったのだろうか? どうやら、ここから確かめる必要があるの」

　黒松屋を出たあとは、日本橋本石町に回ることにした。

「そうだ孔沢、あの面を……」

　寒山に言われ、孔沢が手箱の中から火男の面を取り出した。口を尖《とが》らせ、ひょうきんな顔である。

「賊は、この面を被っていたのですな?」

「ええ、そうです。七人がみな、同じものを。どうしてこれを?」

時蔵が、不思議そうな顔をして訊いた。

「今、庭の木陰で拾ったのです。能面師が彫ったような、立派な出来映えですな」

「まったくで」

「どなたの作か、分かりませんかの？」

「手前に分かるわけが、ございません」

どうしてそんなことを訊くかと、時蔵の眉間に縦皺が二本刻まれた。

「いや、もしかしたらと思いましてな」

寒山が、他意はないと顔に笑いを含ませて言った。

「孔沢から、何か訊いておくことはないか？」

「いえ、別に……ああ、そうだ一つだけ」

「なんでございましょう？」

「七千両もの金がここにあったと知っているお武家に、心当たりはございませんか？」

「心当たりなら、当方から金を借りているお武家はすべてです。みな、金に困って借りに来るものですから」

「なるほど……手前が聞きたいのは、それだけです」

孔沢が寒山に告げ、二人は立ち上がった。

「そうだ、何か分かったことがありましたら、下谷車坂の寒月庵という隠居所を訪ねてくだされ。手前がいなくても、誰かおりますので言付けておいていただければ……」

「下谷車坂のかんげつあんですな」

「左様、寒い月の庵《いおり》と書きます。それでは孔沢、行こうか」

棺が安置された部屋に戻り、お駒に悔やみを言って寒山と孔沢は黒松屋をあとにした。

向かうところは、日本橋本石町の山形屋である。

四

筋違御門で神田川を渡り、八ツ《やつ》小路《こうじ》から大通りを南に向かう。日本橋から東海《とうかい》道《どう》へと向かう道である。

神田須《す》田町《だちょう》の辻を抜けたところで、正午を報せる日本橋本石町の鐘が鳴り渡った。

今川橋《いまがわばし》を越え、本銀町《ほんしろがねちょう》の辻を左に曲がると日本橋本石町である。

庇《ひさし》には『万治《まんじ》三年創業　山形屋』と書かれた金看板が載り、屋根にはうだつがある大店《おおだな》の構えである。万治三年といえば、百年以上つづく老舗《しにせ》である。

店頭では大八車に米俵《こめだわら》が乗せられ、奉公人たちが忙しそうに立ち働いている。

「大旦那の、与左衛門さんというお方はおられますか?」

大八車に米俵を乗せ、一息ついていた奉公人に孔沢が声をかけた。

「どちらさまで?」

「神田相生町の黒松屋からの遣いと言ってくだされば分かる」

答えたのは寒山であった。その答は、予《あらかじ》め考えていた。ほかに、自分を紹介する言葉が見当たらなかったからだ。かしこまりましたと、なんのためらいもなく、手代らしき奉公人は店の中へと入っていった。

さして待つこともなく、奉公人が戻ってきた。

「主がお会いすると……」

奉公人に案内され、寒山と孔沢は塀沿いに路地を入り、裏木戸から母屋へと入った。

山形屋与左衛門の話だと、確かに宵五ツごろ堀衛門は訪ねてきて、三千両の為替手形を渡したという。

米の買い付けで足りなかった五千両を、短い期間で借りたものだという。期限はまだであったが、三千両の返金は、堀衛門のたっての願いであった。

「これが、堀衛門さんからいただいた受け取りです」

確かに黒松屋堀衛門の名が自筆で書かれ、印が捺《お》された三千両の受け取りであった。

全額返すと与左衛門は言ったが、元金がなくなれば利息が取れず、金貸しは商売にならない。必要な三千両だけでいいと、堀衛門は拒《こば》んだという。

為替を懐の奥に大事そうにしまい、宵五ツ半前には山形屋を出た。その後の堀衛門の足取りについては、与左衛門は首を振るだけだ。

「堀衛門さんに、何かあったので？」

与左衛門の問いに答えるのに、寒山は一呼吸置いた。どう答えようかと、考える間であった。与左衛門はそれを、寒山のためらいと取ったようだ。

「まさか、三千両の為替が盗まれたと？」

与左衛門の問いに、寒山は本当のことを語ることにした。ただ、黒松屋の押し込みの件は伏せておくことにする。

「なんですと！　堀衛門さんが自裁したと……まったく、ありえん話だ」

一度は驚くも、与左衛門はすぐに冷静になった。為替が盗まれても、こちらには害はないと、五十歳を過ぎた大店の主人の顔には書いてある。

「ありえんとは……？」

寒山の問いに、与左衛門はいくぶん考える間を作った。そして、おもむろに口にする。

「三千両の為替手形は持ってなかったのですな？」

「為替を奪われたあとに自裁と見せかけ、殺されたものと考えられます」

与左衛門の問いに、孔沢が答えた。

「ですが、当方振り出しの手形は、堀衛門さん当人が行かなければ金にはできないはず。賊が奪ったところで、単なる紙くずです」

「誰かが、堀衛門さんに成りすますってことは？」

「それは、できません」

孔沢の問いに、与左衛門が大きく首を振った。

「為替の裏には、本人直筆の名が記され、印が捺されています。その筆跡を鑑定して、本人かどうかを確かめます」

そのことなら、寒山も知識にある。以前は生活費を井川本家から、為替で受け取っていた。裏側に『朧月寒山』と名を書き、印を捺して、寒山自身が指定の両替商に持ち込んでいたからだ。

「そうだ、一つだけ当人でなくても換金できる方法があります」

与左衛門が、思い出したように言う。

「当人以外が受け取るには直筆の委任状か、当人が死んだという証しがあれば代理人でも換金できると思われますが……」

「なるほど。でしたらご隠居……いや師匠、念のために両替商に確かめておいたほうがよろしいのでは？」

「そうだな、すぐに行ってみるか」

孔沢の提言に、寒山が答えたところであった。

「旦那様……」

障子の外から、声がかかった。

「お客様だから、あとにしなさい」

「それが、武蔵野屋《むさしのや》さんのご主人が至急お会いしたいと」

与左衛門の顔色が、一瞬にして変わった。

「なんですと。武蔵野屋さんが……すぐに行きますから、客間にお通しして」

慌てる口調で、障子越しに言葉を投げた。

「武蔵野屋さんというのは、為替手形を融通する両替屋さんで。もしや、黒松屋さんの件で……しばらく、お待ちいただけますか？」

言いながら与左衛門は立ち上がると、部屋から出ていく。

「ええ、待ちますとも」

寒山の返事には、振り向きもしない。


与左衛門の戻りを待つ間の、寒山と孔沢のやり取りである。

「もしかしたら、金が引き落とされたのかもしれませんね」

「もしそうだとしたら、話はややこしくなるな」

まだ想像での話だが、寒山と孔沢は不穏な心持ちとなった。

「まあ、別の件かもしれんしな……そうか、こういうことかもしれんぞ」

「どんなことでございます？」

「誰かが三千両の為替を持って換金に来たが、山形屋に残高が足りなかったと。

それを告げに来たのかもしれん」

　いろいろな憶測が、脳裏を駆け巡る。

「まさかそれはありえんでしょう、ご隠居。全額返すと言ってましたし」

「いや、分からんぞ。まあ、あれこれ考えていても仕方ない。与左衛門さんが戻るまで待つとするか」

　それが賢明だと、二人の意見はそろった。そして間もなく「失礼します」と与左衛門の声がかかり、障子戸が開いた。

「引き落とされておりましたな」

　開口一番、与左衛門が告げた。

「三千両という大金でしたので、一応確かめに来たと。為替の裏面には、確かに黒松屋堀衛門と自筆で書かれ、印も捺されておりました」

「まさか本人が来られたのかな？」

「いえ、本人直筆の委任状を持って代理の方が……」

「代理とは、誰だか分かりますか？」

「番頭の時蔵さんと……」

「なに、時蔵さんですと？」

時蔵の名を聞いて、寒山が大きく首を傾げた。時蔵が、主の堀衛門が亡くなったのを知ったのは今朝方である。いくらなんでも、そんなに早く手配ができるわけもないし、死んだ堀衛門が委任状を書けるはずもない。そんな思いが寒山の脳裏をよぎったが、それは与左衛門には伏しておいた。

「金を取りに来た時限は……？」

「四ツ半を少し過ぎたころとのことです」

「今から、半刻ほど前ですな」

「堀衛門さんは、本当に自裁なされたのですか？」

与左衛門が、訝しげに問うた。

「今ごろは、お弔《とむら》いの準備をなさっているものと……」

与左衛門の問いに、寒山の答も萎《しぼ》みがちだ。

「ご隠居、ここは一度引き上げたほうがよろしいかと」

少し頭を冷やそうと、孔沢が提言をする。

「そのようだな。寒月庵に戻って、ゆっくり考えるとするか」

ここで考えていても、頭が混乱するだけだと、寒山は孔沢の提言に乗った。

「当方としては、受取証をいただいていますので実害はありませんが、なんだか大変なことになってこられましたな」

三千両の返金はすでにしたと、与左衛門の口調は他人事《ひとごと》のようであった。

下谷に戻る前に、両替商武蔵野屋に寄ることにした。

所在地は聞いてある。山形屋から、二町と離れていないところにあった。

四半刻ほどして、寒山と孔沢が店の中から出てきた。武蔵野屋の主とは、話ができたようだ。だが、表情は両者とも苦虫を嚙み潰したような渋面《じゅうめん》である。

三千両を引き出しに来たのは、明らかに時蔵とは違った年恰好《としかっこう》の男であった。時蔵の名を騙《かた》った男は堀衛門直筆の委任状を持参し、裏書きされた為替手形だったのですぐに換金に応じたという。

店の前に荷車を横付けし、千両箱を三個積み重ね筵で隠すと厳重に縛り、下男らしき男が荷車を曳《ひ》いて行った。その傍らに、警護らしき侍が二人ついていたのが印象に残ったという。

三千両は、黒松屋ではなく、第三者の手に渡ったのは明らかであった。それも、巧妙な手口で搾取《さくしゅ》されたのである。

「時蔵になりすましたのが、誰かということだな」

武蔵野屋の主の話では、むろん商人の形《なり》だが、時蔵の面相とは明らかに異なる。歳も十歳ほど若い男だったらしい。その立ち振る舞いに、なんの怪しいところもなく終始落ち着いていたという。

為替手形と現金交換の手続きになんら問題はなく、通常の手続きでなされたと武蔵野屋は言った。黒松屋は主が殺された上に、都合一万両が盗まれる大被害を蒙《こうむ》った。

「孔沢、腹が減ったな」

正午から、半刻ばかり過ぎている。寒山はもやもやした頭をすっきりさせようと、腹を満たすことにした。

「いらいらするのは、空腹もある」

「でしたらあそこの煮売り茶屋で、めざしの定食でも」

鰻《うなぎ》でも食したかったが、以前のような贅沢《ぜいたく》はできない。何しろ生活の凌《しの》ぎは、孔沢の双肩にかかっているのだ。

「そうだな」

一番安価なめざしの定食でも、嫌とは言えない。

「なんだか、不服そうで……」

「いや、とんでもない。めざしの干物も、わしは大好物だからの」

煮売り茶屋の縄暖簾《なわのれん》を潜り、昼飯となった。

「それにしても、今度の件は複雑怪奇なところがあるな」

めざし定食ができる間の、会話である。

「いや、ご隠居。元にあるのは、意外と単純なことかもしれませんぞ」

「ほう。孔沢は、なぜにそう思う？」

「仕掛けが複雑そうであればあるほど、一つ糸口が見つかれば解きやすいものです」

「糸口がか……」

「もっとも、その糸口を見つけるのにちょっと苦労しそうです。これはという、証しを見つけなくてはなりませんからな」

「その手がかりが、どこだかだな」

寒山が、腕を組んで考えたところで「おまちどおさま」と、娘の声が耳に入った。めざし定食の膳が、娘の両手に持たれている。寒山と孔沢の前に置かれると、めざしに頭から齧《かじ》りついた。二膳おかわりをして、腹を満たす。そして店を出ると、大通りを北に向かった。

日本橋から北に向かう大通りは、中山道《なかせんどう》に通じる。

五

寒山と孔沢は再び黒松屋に立ち寄ることにした。

三千両を引き出されたことを、告げなくてはならない。それと、時蔵にも訊きたいことがある。

門に忌中《きちゅう》の張り紙がしてないのは、堀衛門の死を伏してのことだろうと寒山は踏んだ。

厳重に蓋《ふた》が閉められた早桶に手を合わせ、堀衛門の霊を弔ってから、寒山は時蔵を別部屋へと誘った。そして、山形屋と武蔵野屋から聞き出してきたことを語った。誰かが時蔵に成りすまし、三千両を換金した件《くだり》では、さすがに愕然《がくぜん》とする。

「番頭さんの名を騙る者に、思い当たることはありませんかねえ?」

寒山の問いに、時蔵は大きく頭を振る。

「知るわけがございません」

と、言葉も添えられた。

「昨夜の七千両と、為替手形の三千両。金はともかく、主の堀衛門さんも亡くなっている。それにしても、堀衛門さんはいつ委任状を書いたのでしょうな?」

「手前に分かるわけがございません」

寒山の問いに、時蔵はうな垂れながら首を振るばかりである。

「何がなんだか、手前には……」

咽喉《くや》から搾《しぼ》り出すような、時蔵の声音であった。

「悔しいのも、無理はございませんな。端《はた》で見ていても、本当に気の毒だ」

寒山の頭の中は、別のほうに向いている。

――あやつが、一万両を強請《ゆす》らなければ、こんなことにはならなかった。

寒山の悔恨が、田ノ倉へと向いた。

「……絶対に、暴いてやる」

遺恨が呟きとなって、寒山の口から漏れた。

「暴くとは……?」

それが、時蔵の耳に届いたようだ。

「いや、こちらのことです」

この先時蔵からは、何も得ることはなかろうと、寒山は引き上げることにした。

「孔沢からは、何か訊くことはないか？」

「いえ、ございません」

「ならば、引き上げるとするか」

言って寒山と孔沢が立ち上がる。

「ご苦労さまで、ございます」

座ったまま、時蔵が弔問《ちょうもん》の礼を述べた。

上野《うえの》寛永寺《かんえいじ》への御成道《おなりみち》に出て、下谷車坂の寒月庵へと向かう、その道すがらであった。

「実はご隠居に、黙っていたことがございまして……」

孔沢が寒山に話しかけた。

「えっ、何か言ったか？」

ずっと考えごとをして歩いていたので、孔沢の言葉は寒山の耳に届いていない。

「ご隠居に、黙っていたことがございます」

「わしに、黙っていたことだと。なんだ、いったい？」

「ご隠居は、お気づきになりませんでしたか？」

「何を……？」

「あの遺体は、堀衛門さんではなかったと」

「ほんとか!?」

驚きと疑問が、同時に出た寒山の返しであった。同時に、二人の足が止まる。他人の邪魔にならぬよう、通りの端へと移った。

「そんな大事なことを、なぜに今まで黙っていた？」

眉間に皺を寄せ、寒山が問うた。

「申しわけございません。ご隠居というより、黒松屋の人たちに黙しておきたかったのです。そのほうが、むしろ探索がしやすいと思い……」

「なるほどな。しかし、わしは口が固いぞ」

「ですが、顔に出ますから……いや、ご無礼を」

「謝ることはない。となると、あの早桶の中の者は堀衛門ではないと、お駒や時蔵たちは気づいてないのか？」

「気づいているのかいないのか、それがなんとも分からないのです。気づかぬ振りをしているようにも見えるし、そうでもないとも思えます」

「早桶の蓋が、しっかりと閉じられていたからな」

「そういえば、お駒さんは旦那の遺体を見ていないですな」

「顔が潰れていちゃ、見られんだろう。その配慮だったと……いや、お駒に見せない口実ってことも考えられるな」

「そのへんも、思慮に入れてよろしいのではないかと」

孔沢の話に、寒山は小さくうなずき唇を嚙んだ。何かを感じ取ったときの、寒山の癖である。

「ところで孔沢は、なぜにあの遺体が堀衛門でないと分かった？」

「ずっと以前、灸《やいと》の療治を肩に施したことがございまして、その痕《あと》がないのです、あの遺体には。おそらく顔面は、川に放り込まれる前に潰されたものと」

「堀衛門の代わりに、誰かが殺されたってことか？　ちぇっ、酷いことをするものだな」

舌打ちに憤りを込め、寒山は口にした。

「そうなると、堀衛門はどこにいる？」

「それを突き止めれば……」

「そうか、孔沢はあの煮売り茶屋でそれを言いたかったのか？」

「ご隠居は、私が言ったことを覚えておいでで？」

「当たり前だ。元にあるのは、意外と単純なことかもしれませんぞとか言っておったが、このことであったか」

「はい、そのとおりで」

「どうやらこいつは、押し込みと昌平橋の殺しと三千両の搾取を、いっしょくたに考えたほうがよいみたいだな」

「ご隠居の、おっしゃるとおりだと思います」

「孔沢が言っておった『仕掛けが複雑であればあるほど、一つ糸口が見つかれば解きやすいものです』ってのも、うなずけるな」

「御意《ぎょい》」

「御意とは言うなといっておるだろ」

「申しわけございません」

孔沢が謝り、二人は再び歩きはじめた。早く寒月庵に戻ろうと、二人は脚を速めた。

寒月庵に戻ると、寒山は一つ部屋に全員を集めた。

いつものとおりの並び順で、輪が組まれる。

四半刻ほどをかけ、孔沢が事の一部始終を細かく説いた。

「大変なことが起きていたのですね」

お峰が目を丸くして、驚いた面持ちで言った。

「ああ、田ノ倉のことはどこかにすっ飛んでいってしまった。それほどの、大事件だ」

と、寒山は声を荒らげて言った。

「田ノ倉のことはともかく、こいつをみんなして探ってみるけどどうだ？」

寒山が、四人に意向を訊《たず》ねた。

「なんだか、面白そう」

「人が一人亡くなっているのだ。面白いと言うことはないだろ、お峰」

「そうでした、ごめんなさい」

寒山のたしなめに、お峰が素直に謝った。

「ところで孔沢先生、火男《ひょっとこ》の面というのを見せてくださらない」

失言にあとを引くことなく、お峰が孔沢に言った。

「こいつだが……」

手提げ箱の中から、孔沢が火男の面を取り出す。

っている。

「ずいぶんと、立派なもの」

火男の面を手に取り、お峰が驚いている。面を表裏にして、矯《た》めつ眇《すが》めつ見やっている。

「……これって」

お峰の口から呟きが漏れた。

「何か、分かったか？」

すかさず孔沢が問うた。

「ここに、小さく『東山坊《とうざんぼう》』って書かれてあります」

「どれ……？」

五人の目が、火男の面の裏側に書かれた号に向いている。

「お峰は、東山坊って知っているのか？」

「会ったことはありませんが、この名は知ってます」

孔沢の問いに、お峰がうなずきながら答えた。

「小さいころより、お峰はお面が好きだったからな」

白兵衛が、口を挟んだ。

「あたしが好きだったのは子供のお面ですが、この東山坊という能面師は隠れた名人と聞いたことがあります」

「隠れた名人だと？」

「はい。ですから、知る人ぞ知るってことですか。その能面師ってのは……」

寒山の問いに、お峰は知っている蘊蓄《うんちく》を語る。

東山坊の祖先は近江伊民《おうみいたみ》家。東山坊はその末裔《まつえい》であった。伊民家は室町《むろまち》の時代からつづく、能面師の家系である。江戸の中期まで代はつづいたものの、贋作《がんさく》の咎で近江伊民家は断絶となった。東山坊はその血統を継ぐ、面打ちである。

「あたしが知っているのは、このくらいのこと」

「それだけ知っておれば、なかなかの物知りだ。だが、このたびの件と東山坊は関わりがあるのか？」

右京ノ介が、誰にともなく問うた。

「大いにあるだろうよ」

寒山が、一膝乗り出して言った。

「七人の徒党が、みな同じ火男の面を被っていたと言っていた。となれば、出処は一つ。東山坊に訊くのが、一番手っ取り早いだろう。東山坊がどこに住んでいるのか、お峰は知らぬか？」

「それは、すぐに調べられると思います。心当たりがありますので」

日の傾き具合からして、八ツ半ごろである。

「まだ、日暮れまでには間があるな。だったらお峰一人で当たってきてくれ。夕飯は、こっちのほうでなんとかする」

夕餉《ゆうげ》の支度がなければ、お峰は体が空く。居どころさえ知れればよいと、お峰は手ぶらで出かけた。


ちょうどそのころ、神田相生町の黒松屋に二人の来客があった。

二人とも、平袴《ひらばかま》の腰に二本の刀を帯び、浅葱《あさぎ》色《いろ》と鼠色《ねずみいろ》の羽織を纏った侍であった。脇門を開けて入る仕草は、この屋敷に慣れているようだ。

堀衛門の弔問に訪れたのではなさそうだし、金を借りに来たのでもなさそうだ。客間に導かれると、上座に侍二人が並んで座り、時蔵一人と向かい合っている。

「どうだ、目論見が露見していることはないか？」

侍の一人が、時蔵に問うた。

「はい、今のところは。ですが医者が二人、何やら探っておりますようで……」

「医者が二人だと？」

「はい。旦那様の針療治をしている者と、その師匠と名乗る老体が来まして……きのう、旦那様が呼んでいた者たちです」

「何を探っているのだ？」

「よくは分かりません。手前らが縛られているのを見て、縄を解いていただきました。たかが医者が二人です」

「それほど、気にすることはないというのだな？」

「はい。ですが、一つだけ気がかりが……」

「なんだ？」

「火男の面が、庭に落ちているのを見つけまして……」

「おぬしが落とした物ではないか」

侍の一人が、隣に座る侍を詰った。

「はい。迂闊でありました」

「うるさい蠅《はえ》になりそうだ。始末をせんとならんだろう」

「左様でございますな」

侍同士の会話を、時蔵は固唾《かたず》を呑んで聞いている。

「その医者たちは、どこの者たちか知っておるか？」

「はい。下谷車坂の寒月庵という隠居所にいるようです。歳がいったほうは、すでに五十路《いそじ》を超した老体でありましたから」

「ならば、始末をするにたいした苦労はせずにすむな」

「若いほうの医者も軟弱そうで。商人の手前から見ましても、さして手間がかからぬものと」

これまで寒山たちに少ししゃべり過ぎたと思っていた時蔵が、安堵の顔を晒して言った。

「七人で向かえばよろしいか？」

「相手は老いぼれと軟弱な医者の二人だ。七人も必要なかろうが、念のためだ。今夜にでも、さっそく」

黒松屋の一部屋で、そんな謀議がなされていることを寒山たちは知る由《よし》もない。

六

暮六ツまで、四半刻を残すところでお峰が戻ってきた。

「東山坊の居どころが知れました」

「そうか、意外と早かったな。夕飯の仕度は右京ノ介と孔沢が……」

と寒山が言ったところで、勝手場のほうから何やら臭ってきた。

「ご飯が焦《こ》げてる」

口にすると同時に、お峰は立ち上がった。真っ黒焦げで到底食べられるものではない。水加減が分からず、さらに強火で炊《た》いたらしい。

「なんせ、飯を炊いたのは、生まれて初めてのことでして……」

高襷《たかだすき》をして、料理人を気取った右京ノ介が申しわけなさそうに詫《わ》びた。

「炭を食うようなものだな。仕方ない、今夜は外で食すとするか」

寒山の苦笑いは、右京ノ介と孔沢の失敗をたしなめるものではない。

「でしたら、たまには鰻屋でも行きませんか？」

孔沢が、懐から財布を取り出して言った。

「このところ、少し実入りが多かったもので。鰻の五人前くらいなら……」

「そうだな。これから一働きするというのに、めざしでは気勢が上がらんだろう。たまには鰻で精をつけるか」

暮六ツを前に、五人は寒月庵から出て、不忍池のほとりにある鰻屋へと出向いた。

鰻が焼けるまで、半刻ほどかかる。

「酒までは、贅沢ができんな」

寒山が孔沢に遠慮し、もの欲しそうな声音で言った。

「少しくらいなら、いただきませんか。せっかく外に出たのですから、遠慮せず」

「さすが、孔沢先生だ。お言葉に甘えるとするか」

声を弾ませ寒山が言い、酒と肴《さかな》の注文を出した。

鰻を待つ間、口に酒を含ませお峰の話を聞く。

「東山坊はどこに住んでると……？」

「小石川《こいしかわ》の中富坂町《なかとみさかちょう》というところだそうで。伝通院《でんずういん》という大きなお寺の近くだそうです」

寒月庵から伝通院までは半里ほどで、さほど遠くではない。小石川には井川家の上屋敷があり、道順は分かる。だが、これから行くには夜分となってしまう。

「明日の朝にでも、行ってみるか」

寒山が、自分で出向くという。

「でしたら、あたしがお供に……」

お面のことならと、お峰がお供を買って出た。

「それにしても、奇怪な事件だ」

酒を一口含み、寒山が小首を傾げた。鰻が焼ける間、話題はどうしても黒松屋の事件に向く。糸口が見つからない今、同じ話が二、三度繰り返される。堂々巡りをするうちに、鰻の蒲焼と御膳が運ばれてきた。


宵五ツを報せる鐘が、上野寛永寺から聞こえてきた。

「そろそろ、帰るとするか」

鐘の音が合図となって、五人が立ち上がった。鰻屋から寒月庵までは、三町と離れていない。車坂の隠居所は、武家屋敷との境にありこの刻となると、ほとんど人の通りが途絶える。

「……ん？」

寒月庵の二十間ほど手前まで来て、右京ノ介が立ち止まった。

「どうした、右京……？」

「何やら庵に人の気配が……」

右京ノ介が言ったと同時に、寒月庵の中から人影が出てくるのが見えた。

「侍が、七人もいる」

お峰が、呟くように言った。その侍たちが、寒山たちがいるのとは、逆方向に駆けていく。

「泥棒ではなく、刺客のようだ」

「捕まえましょうか？」

右京ノ介が追いかけようとするのを、寒山が止めた。

「それよりもどこに行くのか、白兵衛とお峰で尾《つ》けてみてくれ」

夜目が利いて、足が速い忍びである。追うにはもってこいの二人であった。

「かしこまりました」

と返すも早く、白兵衛とお峰が侍たちのあとを追った。それを見送り、寒山たちは寒月庵の中へと入った。


家屋を荒らされた形跡はないが、土足で上がったか、板間は足跡だらけである。

「おそらく、わしと孔沢を狙って押し入ったのだろう」

寒山が、うなずきながら言った。

「ご隠居に、覚えがございますので？」

「ああ。わしの勘に狂いがなければ、これは大変な糸口になるの。なあ、孔沢先生」

「私も、ご隠居と同じことを考えておりました」

孔沢が、含み笑いを浮かべて言った。

「いったい、どういうことで？」

右京ノ介が話に乗れないと、寒山に問うた。

「わしと孔沢の命を狙って押し入ったのよ。だが、運がよいのか悪いのか、中には誰もいなかった。それであきらめて、引き上げたのだろう。外に出ないで寒月庵におれば、相手をとっ捕まえて白状させられたのだが」

寒山の口調に、その無念さはない。むしろ、にんまりとした表情に活路が見えたようだ。

「うまく白兵衛とお峰が侍たちの居どころを突き止めてくれれば、事件は半分解決したようなものだ」

「それにしても、ご隠居の口を封じようなどと、大胆というか浅はかというか、考えるも滑稽《こっけい》でござりまするな」

「そういう孔沢も、狙われておるのだぞ」

「左様でございました」

と、孔沢もにんまりとする。破顔してないのは、右京ノ介だけである。

「ご隠居も孔沢も、賊に心当たりがございますので？」

「ああ、大ありよ。孔沢から、聞かせてあげなさい」

寒山の言葉に孔沢が小さくうなずき、語りだす。

「おそらくここに来た刺客は、昨夜黒松屋を襲い、七千両の金を奪っていった者たちでありましょう」

「なんだと！　なぜに押し込みが、ご隠居と孔沢の命を？」

「理由はおそらく、この事件を嗅《か》ぎつけていると踏んだからでしょう。ご隠居と私を、邪魔ものとか、うるさい蠅だと思ったのでしょうな。それで、駆除してしまえばこの事件は闇に消える。すでに一人は、犠牲になっているのです。ならば、あと二人、三人、町人を殺《や》ったところで、ついでってものでしょう」

「ところが、飛んで火に入る夏の虫ってやつだな。これで、相手の魂胆《こんたん》ははっきりとしてきた。あとは相手が誰で、その証しさえつかめたら田ノ倉の首根っこを押さえられる」

寒山が、孔沢の語りを補足するように言った。

「するとご隠居は、黒松屋の押し込み事件に田ノ倉が絡んでいると、おっしゃられるのでございますか？」

「なんとなく、そんな気がしているだけだ。孔沢は、違うと申すか？」

孔沢の問いに、寒山が逆に問うた。

「黒松屋の押し込みには、田ノ倉様は……」

「あやつに、様などつけるでない」

寒山が、すかさずたしなめる。こんな小さなことでも、老中田ノ倉への恨みの根の深さが分かる。

「申しわけございません。押し込み事件に、田ノ倉は関わりないと私は思いますが」

寒山と孔沢の考えが、ここで食い違ってきている。

「ほう、どうして孔沢はそう思う？」

「てっきりご隠居は、ご存じだと思っておりましたが」

「何をだ？」

「なぜに刺客が、寒月《こ》庵《こ》を知っていたかです」

「黒松屋の押し込みは、田ノ倉が書いた筋ではないのか？」

「いくらなんでも、田ノ倉がそこまでやるとは……」

「あの野郎なら、やりかねんぞ。一万両もの大金を、それこそいくらなんでも一軒の商家から賄賂としてせがむのはやりすぎだろうし、まずいとでも思ったのだろう。そこで強奪という狂言を企み……」

ここで、寒山の口が止まった。

「……狂言？　あっ、そうか！」

寒山が、何かに思い至ったようだ。

「すまん。わしは、肝心なことを失念していた。齢《とし》のせいか、どうも忘れっぽくなっていかん」

「そんなことはございませんぞ、ご隠居」

「慰めなんかいらんぞ、孔沢。自分で口に出したというのに」

「むしろ、憶えていないのが当然です。そういうことは、端で聞いているほうが、よく憶えているものでございます」

寒山と孔沢のやり取りを、右京ノ介が小首を傾げて聞いている。

「お二人は、いったいなんの話をしておりますので？　狂言とか、言ってましたが」

右京ノ介の問いに、寒山が答える。

「これは田ノ倉というより、黒松屋とどこかの家中が仕組んだ狂言てことだ」

「これでどうやら、ご隠居と考えが一致しました」

「すまんな、孔沢。どうもわしは、田ノ倉のほうばかりに気が向いてしまう」

「とんでもない……」

寒山の腰の低さに、孔沢が手を振り首を振って恐縮する。

「白兵衛とお峰が戻れば、どこの家中の手の者たちか知れるな」

「それらの者どもと黒松屋が組んでの、押し込み狂言。ですが、どうしても分からないことがあります」

「わしも、孔沢と同じ思いである。孔沢が分からないというのは、自分の身代わりに人を殺めた堀衛門は何をしているのかということであろう？」

「そのとおりでございます。いったい堀衛門さんはどこに……？」

「その咎も、白兵衛とお峰がもたらせてくれるだろうよ。帰るまで、待つことにしよう」

「そういたしますか」

寒山と孔沢の語りを、腑《ふ》に落ちていない者がいる。

「何を話しているのか、拙者にはさっぱり。こちらにも、分かるように語ってくれませんか」

右京ノ介が、不満を口にした。

「そうだったな、すまん。ところで、右京の分からないところというのは？」

「どうして刺客たちが、寒月庵を知っていたかです」

「それはですね、右京様……」

孔沢が口にするのを、寒山が小さくうなずいた。

「ご隠居が、番頭の時蔵さんにこう言ったからです。『――何か分かったことがありましたら、下谷車坂の寒月庵という隠居所を訪ねてくだされ』と……」

「そうそう。あろうことかわしは、そのことを失念していたのだ」

寒山が口を挟むも、孔沢の語りがつづく。

「ご隠居の居どころを知っているのは、時蔵さんしかいないはずです。尾けられたという気配はまったくありませんでしたし。となると、賊と時蔵さんはどこかで接点があるってことです」

「なるほど。金を奪ったほうと奪われたほうが互いに……だが、なぜにそんな手の込んだことを？」

「だからそれは、白兵衛とお峰が帰ってくれば分かる」

その二人が寒月庵に戻ってきたのは、寒山がそう口にしてから半刻後のことであった。

七

五人が車座となった。

「刺客たちの行き先は？」

寒山の問いに、お峰が答える。

「小石川近くの、大名屋敷に入っていきました」

「小石川って、今さっき聞いたことがあるな」

「はい。能面師の東山坊があのあたりに住んでいると……」

「そうであったな」

寒山が口にし、孔沢と右京ノ介もうなずいている。

「それで、どこの家中の者たちであった？」

「近くの辻番所で聞きましたところ、近江水島《みずしま》藩主加《か》山《やま》肥《ひ》後守《ごのかみ》敦盛《あつもり》様の上屋敷だそうで」

「近江ってのも、聞いたことがあるな」

「はい。東山坊の祖先は近江伊民家で、東山坊はその末裔ってことをお話ししましたかと」

「となると、水島藩の加山家と能面師の東山坊が関わってのことか」

「そこまではまだ、なんとも言えません。明日、ご隠居様とあたしが……」

「そうだったな。行って、確かめてくるとするか。だが、東山坊作の火男《ひょっとこ》の面を被っていたのなら、これは俄然《がぜん》手がかりとなりそうだ」

「これは、加山家と黒松屋の狂言に間違いありません」

孔沢の意見に、今度は白兵衛とお峰の首が傾いだ。

「いったい、どういうことなの？」

お峰の問いが、孔沢に向いた。

「こういうことだ、お峰。白兵衛さんも聞いてくれ」

孔沢の口から、寒月庵を襲おうとした刺客のわけが語られた。

「おそらく、そういったことであろう。なぜにそんな狂言を仕組んだか、明日からそいつを探ることにする」

寒山が、締めを打った。

翌日の朝、寒山とお峰は小石川の能面師東山坊のもとを訪れた。

小石川の中富坂町の一角に、小さな一軒家があった。小さく掲げられた看板に『面打　東山坊』と記されている。断絶になった伊民家は、表に出せないのであろうか、どこにも能面師とは書かれていない。

「ここだな」

看板を読んで、寒山とお峰は戸口の前に立った。

「ごめんください」

お峰が引き戸を開けると、すんなりと開いた。

「どちらさんですかな?」

中に入ると、そこは面打ちの仕事場であった。五十歳前後の、口の周りに髯《ひげ》を蓄《たくわ》えた男の顔が戸口のほうを向いた。作務衣《さむえ》の上に前掛けを施し、手に木槌《きづち》と鑿《のみ》を握っているところは、仕事の最中と見える。

「忙しいところをすみませんな。手前は寒山と申しまして、下谷で鍼灸を営んでおる者で」

ここは都合上、孔沢の師匠ということにしておく。お峰の紹介は、ここでは省いた。

「いや、肩は凝ってないが……」

「いえ、ちょっと、訊ねたいことがあって来ました」

「どんなことでございますかな」

仕事の手を休め、鑿と木槌を作業台に置いて、東山坊の体が寒山とお峰に向いた。初めて会う相手だが、東山坊の表情になんら不安そうな様子はうかがえない。

「これをご覧になっていただきたいのだが……お峰、見せてさしあげなさい」

お峰が持つ手提げ袋の中に、火男の面が入っている。その中から、お面を取り出した。

「この火男の面に、覚えはございませんかな？」

「これは、自分が作ったものだが……どうして、これを？」

東山坊の表情に、大きな変化があった。眉間に皺を寄せ、驚く表情と怪訝《けげん》な表情が入り混じって複雑な面相となった。咽喉の奥から出る声も、震えを帯びている。

「きのう、あるところで拾いましてな。裏に東山坊と号が書かれていましたので、それで訪ねて来た次第です」

「この火男の面は、小石川水天宮《すいてんぐう》の宮司《ぐうじ》様から神楽《かぐら》に使うと頼まれ、この夏に、七面作って納めた物でありますな。なぜにそれが……？」

「東山坊さんは、近江水島藩主加山家をご存じですかな？」

「むろん。当家は代々、近江水島藩の加山家に仕える家柄でしたから」

「すると、近江伊民家の……？」

「よくご存じで。ですが近江伊民家は、三代前に加山家からお役御免を言い渡され、室町の世からつづく伊民家は断絶となりました。それで、手前が東山坊と号を名乗り、細々と面打ちをつづけているわけです」

「すると、加山家とは？」

「近くに上屋敷がありますが、交流は一切ないし、私が伊民家の末裔であるとは知らないはず。むろん、こちらも加山家を意識したことは一度もないですな」

近くに住んでいたのは偶然であり、火男の面は加山家のために作ったものではないと、東山坊は言う。

「ですが、近江水島藩と水天宮は大きなつながりがある」

東山坊が、おもむろに口にする。髯で半分隠れた口が、小さく動く。その声を、寒山とお峰がじっと聞き入っている。

「小石川水天宮は、琵琶湖《びわこ》の水神を祀《まつ》ったもので、江戸の初期に玉川《たまがわ》から水を引くための上水工事がなされたが、その祈願をするために水天宮が建立《こんりゅう》されたのですな。その水天宮を預かるのが、近江の加山家であります」

　ここまでの東山坊の話だけでも、黒松屋を襲ったのは、近江水島藩加山家の手の者であることがはっきりとした。この件に、東山坊は関わりがないと取れる。そこまで知れればよいと、寒山はこの場を辞すことにした。

「お峰、ここはひとまず引き上げるとしよう。東山坊さん、このお面を少しの間、貸しておいてはくれませんかな？」

「それはかまわないと……いや、もう私の物ではございませんからなんとも」

「でしたら、もう少し預からせていただきます」

「いったい、何があったので？」

　東山坊のほうから、問われる。自分の作った面が、どのようなことに絡んでいたかを知りたいのは当然であろう。寒山は黒松屋の事件を要約して、東山坊に語ることにした。脳裏に、ある思いつきがよぎったからだ。

「手前が針療治を施そうと、患者さんの家に立ち寄ったところ……」

寒山は、そのとき見た光景をまずは語った。話がややこしくなるので、孔沢の名は出さずにおく。

「そのとき現場に、このお面が落ちていたのです」

「なんですって！　盗賊が、このお面で顔を隠していたというので？」

「そういうことに、なりますな」

「すると、その賊というのが加山家の……？」

「いえ、そうだと言っているわけではありません。ですが、このお面が、賊が誰かを知る、かなりの手がかりになるのはたしかです」

「あなたがたは、その賊を探索しているので？　ならば、奉行所かどこかのお役人で……」

「言い出せたら、こんな苦労はしておりません。なんせ、盗まれたのが七千両という大金ですからな、とても表沙汰にできる金ではないらしいのです」

「なるほど、そういった類《たぐい》の金ですか」

「それと、事情《わけ》がありまして、黒松屋さんの主から頼まれたのです。誰が襲ったかを調べてくれと」

便宜上、多少は方便も使う。

「ですが、賊はお武家のようでしてな。実は、このお面を奪いに来たのかもしれませんが、昨夜当方も刺客に襲われましてな、恐ろしいの恐ろしくないの。そのとき、留守にしていて助かりましたが」

震え口調で、寒山が言った。

「それは、恐ろしいでしょうな。しかし、手前の作った面が、そんなところで使われるなんて。水天宮さんは、いったいどうして……？」

東山坊の疑問が、水天宮に向いた。

「水天宮さんのことは、手前どもではなんとも。東山坊さんが直《じか》に行って、訊ねられたらいかがでしょうか？」

寒山は、自らが水天宮に行って聞き出そうと思ったものの、それはやめることにした。水天宮も、この狂言に絡んでいるかもしれないと取ったからだ。ここはまだ突き詰めるところではなく、囲碁でいえば布石を打つ場面と考えていた。そのため寒山は、東山坊を動かすことにした。

「そうですな」

言って東山坊は、ふと考える素振りを見せた。

「それでは、手前どもはこれで……」

寒山は、腰かけていた上がり框《かまち》から立ち上がった。

「お峰、寒月庵に戻ろう。そうだ、東山坊さん……」

「まだ何か？」

「水天宮さんに行かれましても、黒松屋さんの件は語らないほうがよろしいかと。どこでどう絡んでいるかもしれませんからな」

「それはもう、承知してますとも。自分としては、火男の面だけが気になりますから」

そこまで聞ければよい。

「仕事中に、申しわけございませんでした」

寒山が深く頭を下げ、急な来訪を詫びた。

「いや、急ぎの仕事ではないのでかまわんでいただきたい」

東山坊の返事を聞いて、寒山とお峰は外へ出た。

通りの辻を曲がったところで、寒山が立ち止まった。

「お峰、東山坊が動くから。しばらくここにいてくれんかな」

「かしこまりました。それで、ご隠居様は？」

「寒月庵に戻って、お峰の帰りを待つ。もしかしたら、夕方客が来るかもしれんでな、その用意をしておかなくてはならん」

「お客様って……なるほど」

寒山の思いを、お峰が受け取った。

「わしの勘が当たっておれば、すぐに東山坊は出てくるはずだ。行く先は水天宮だ。気配を殺して、探ってくれ」

「かしこまりました」

「それでは、頼んだぞ」

言い残して、寒山はその場をあとにした。途中、井川家上屋敷の前を通るも、寄ることなく先を急いだ。

八

寒山が去ったあと、お峰は物陰で待った。

すると、寒山が言ったとおり東山坊が前掛けを外した作務衣の姿で、すぐに出てきた。周囲を警戒する様子はない。お峰は、十間ほど離れてあとを追った。江戸の中心から離れているので、人の通りが少なく追いやすいが、その分気づかれる恐れもある。お峰は抜かりなく、あとを尾けた。

三町ほど行ったところに、笠木《かさぎ》に反りのある明神鳥居《みょうじんとりい》が立っている。鳥居の扁額《へんがく》には『小石川水天宮』とあり、東山坊はその下を潜った。

境内《けいだい》の正面に、水神様を祀った神殿が建っている。東山坊はそこには向かわず、宮司や巫女《みこ》がいる社務所をめざしている。

祭や縁日では参道も人で賑《にぎ》わうのだろうが、この日は参拝者が少なく、境内は閑散《かんさん》としている。それだけに人波に紛《まぎ》れることができず、お峰は身の隠しどころに困った。しかし、東山坊が振り返ることはまったくない。心にやましいことを抱いてなければ、当然ともいえる。尾けていて、それだけがお峰の救いであった。

社務所の並びに、御守や御神籤《おみくじ》の売り場があり、そこに立つ巫女らしき娘が所在なさそうにお峰のほうを見ている。社務所に侵入するには、巫女の目が気になる。

東山坊が、社務所の玄関から中へと入っていく。社殿の中は広い。宮司を訪ねたのだろうが、見逃すとその居場所を探すのに苦労する。

「……ここは、堂々と入ってやれ」

東山坊が入ると少し間をおき、お峰は追うようにして社務所の玄関から中に入った。巫女に、怪しむ素振りはない。

お峰は草履《ぞうり》を懐にしまい、式台を上がった。そこから本殿に通じる長廊下がある。東山坊のうしろ姿が見えたときは、お峰はほっと安堵の息を吐いた。

東山坊が立ち止まったところが、宮司の庫裡《くり》なのだろう。それを見極め、お峰はくの一となった。

窓枠を利用し、天井の羽目板を外して忍び込む訓練は身につけている。天井裏に身を潜めて、宮司の庫裡を目指す。十間先と、おおよその距離は測ってある。

「私が納めた火男《ひょっとこ》の面は、今こちらにございますか？」

下から聞こえてくる声は、東山坊のものに間違いない。お峰はすり足を止め、部屋からの声を拾った。

「あの火男の面は、加山様のご家臣に貸し出して、今はここにはないが。お面が、どうかしましたかな？」

「それが、つい今しがた……」

東山坊が、寒山から聞いた経緯を話している。

「なんですと！」

宮司の驚く声は、お峰の耳に響いて聞こえてきた。

寒山の忠告を忘れたか、東山坊が黒松屋の事件を宮司に聞かせている。

「押し込みに使われただと？　それは聞き捨てならんな。そのために貸したとあっては、こっちも盗《ぬす》っ人《と》の片棒を担いだことになる」

どうやら、水天宮はこの一件には絡んでいなさそうだ。

「宮司もそうお思いですか。私も自分が作った面が、そんなことに使われるとは、まったく思ってもなかったです」

「東山坊には、申しわけないことをした」

「それはよろしいのですが、火男の面を返してもらったほうが……」

「ならばこれから行って、返してもらってくる」

「ですが宮司、押し込みのことは一言も口に出さないほうがよろしいですぞ。でないと、命が危うくなりますから」

押し殺した、東山坊の声音であった。

「それもそうだ。明後日《あさって》に、七面そろえて神楽で使うからとでも言って戻してもらう」

「それが、よろしいようで」

「だが、一面が足りんのだろう？」

「そのことも、伏せておいたほうがよろしいかと。もう一面の在《あ》り処《か》を、加山家のご家臣はご存じのようですから、今日のうちにも取りに行くのではございませんかな」

「寒山という、鍼灸師の家にか？」

「その名も出さないほうが。宮司さんは、一切知らないことにしませんと……お命が……」

東山坊は、首に手刀を当てる仕草をした。

「そうだったな」

東山坊と宮司のやり取りを、天井裏で聞いていたお峰は、寒山の深謀《しんぼう》を悟る思いとなった。

「それでは、これで失礼を……」

東山坊が立ち上がり、部屋を出ていく。

「誰かおらんか？」

「はーい、今すぐ……」

宮司の声に、別部屋から女の声が聞こえてきた。

「これから、加山様のお屋敷に行ってくる。着替えをするので、用意を頼む」

神主の形から、外出着に替えるのだろう。その声を聞いて、お峰は場を離れた。何食わぬ顔で玄関から外に出る。そして、鳥居の陰から宮司が出てくるのを待った。

境内から出てきた宮司を、お峰は尾けた。

宮司が、昨夜白兵衛とお峰が尾けてきた、加山家の屋敷へと入っていく。水天宮の宮司とあらば、屋敷の出入りは自由であろう。だが、お峰が入り込むには難があるし、その必要はなさそうだ。ここで引き上げてもよさそうだが、お峰にはもう一つ確かめたいことがあった。

四半刻ほど外で待つと、宮司が屋敷から出てきた。手には、何も持っていない。

「明日中に、七面そろえて返してくれるか」

宮司の独り言が、物陰に隠れるお峰の耳に届いた。

「……夕方客が来ると言ったのは、このこと」

寒山の読みが、当たろうとしている。

お峰が、寒月庵に戻ったのは、正午を半刻ばかり過ぎたころであった。

「ご苦労だったな」

寒山の労《ねぎら》いに、お峰は顔に笑みを浮かべてうなずいた。

「それで、首尾はどうだった？」

「ご隠居様の思うとおり、お客様が来そうです」

お峰は先にそう告げたあと、水天宮での様子を語った。

「やはり、そうであったか。早いところ、歓迎したいものだ」

客がいつ来るか、いく人で来るかは分からない。それでも今日中には来るだろうと読んでいる。

寒山と孔沢の命もさることながら、この日は火男の面の奪還が相手の目的である。おそらく、人数を増して来ることも考えられる。寒山たちは、構えて待つことにした。


日が西に傾き、夕七ツを報せる鐘の音が、寛永寺のほうから聞こえてきた。

「もう、そろそろかの……」

寒山は今、庭の見える榑縁《くれえん》で、孔沢を相手に囲碁を打っているところだ。

「さて、明るいうちに来ますかどうか」

そわそわと客を待つ寒山に、傍らで碁を見ている右京ノ介が答えた。

「ご隠居と私の命も狙うとしたら、暗くなってからではないでしょうか」

黒石を置きながら、孔沢が言った。

「いや、明るいうちも考えられる。金が目的の夜盗ならば、夜のほうが獲物を持ち出しやすいだろう。だが、人を殺《あや》めるだけなら、明るいほうが仕留めやすいともいえる」

寒山が白石を、孔沢の陣地に打ち込んだそのときであった。

「きっ、来ましたぜ……」

外で見張っていた白兵衛が、慌てる様子で駆け込んできた。

「相手は、十人もいますぜ」

「ほう。ずいぶんと、来たな。よし、手はずを……絶対に、殺してはならんぞ」

寒山が言うと、右京ノ介と白兵衛は別間に隠れた。榑縁には寒山と孔沢が残り、囲碁のつづきを打っている。

どやどやと、数奇屋門《すきやもん》を潜って入ってくる足音が聞こえてきた。

「どちらさまで？」

戸口先から、お峰の声が聞こえてきた。

「誰だって、よい。爺さんと医者は、どこにいる？」

「お武家様たちはどなたかと。教えていただきましたら、ご案内します」

「いやいい。こっちで、勝手に探す」

三和土《たたき》から上がり框に、侍の一人が足をかけようとしたところであった。

「これを取りに来たのでございますかな？」

寒山が、火男の面を被って侍たちの前に立った。そのうしろに、孔沢が控えた。

「あっ！」

十人の侍の、驚く声がそろった。

「それだけ大勢して来られたのは、わしとこの者の命を取りにきたのであろう。昨夜も来られたようだが、生憎《あいにく》と留守で悪かったの」

「…………」

刀の柄《つか》に手をやるも、侍たちは答に窮している。だが、殺気は充分に伝わってくる。

「この面を返して欲しければ、条件がある。黒松屋の一件を、話してはくれんかな」

わざわざ揉め事は起こしたくないと、寒山は説得する口調で言った。

「いや、それは語れん。すまんが、その面とおぬしらの命をいただく」

「交渉は、決裂か」

ここで寒山は、火男の面を外した。

「相手は爺さんと医者だ。娘だとて、容赦《ようしゃ》はするな」

侍たちの殺気が高まる。完全に、殺しに来ている気配となった。

寒山と孔沢、そしてお峰の手には得物《えもの》がない。

「すまんが、死んでもらう」

十人の刃《やいば》が、素手の三人に向いた。

「ご隠居……」

背後から声をかけたのは、右京ノ介であった。寒山の手に大刀が渡る。そして、孔沢の手には白兵衛から木剣が渡された。お峰も九寸五分の匕首《あいくち》を懐から抜いた。白兵衛の手には、三尺ほどの長さの薪ざっぽうが握られている。

「家の中では、畳が汚れる」

五人がそろって、式台から三和土に下りた。その勢いに押され、侍十人が外に押しやられた。

母屋の外は、刀を振るに充分の広さがある。

寒山は、中ほどに立つ男に目をつけた。

「おまえは、黒松屋を襲った賊だな？」

「しっ、知らん」

「知らんと言うが、この火男の面がそうだと言っておるぞ。近江水島藩主加山家のご家臣ともな」

「なんと……」

声にならない声が返ってきた。

「この中の七人が、同じ面を被って……」

「この者たちを、生かしておくな。全員、殺《や》ってしまえ」

徒党を率いる侍が、号令をかけた。だが、十人がそろっても、右京ノ介一人相手にできるものではない。寒山自身も『無限真影流』の、相当な剣の使い手である。そこに、孔沢の木剣と白兵衛の腕力と、お峰のくの一忍法が加われば、勝負の行方は一瞬とは言わずも、火を見るより明らかだ。

寒山が棟打ちで二人の胴を叩き、右京ノ介が刀を三振りすると、同時に五人が地面にのた打ち回った。孔沢が木剣で相手の顔を打ち額に大きな瘤《こぶ》を作ると、白兵衛は薪ざっぽうを振るって一人の鳩尾《みぞおち》を突いた。ゲホッとあいきを吐いて地面にひざまずく。お峰は、匕首で相手の腕を斬《き》った。一人だけ、腕から血を流してその場から逃げ去っていった。

「追いますか?」

「いや、追わんでいいだろう。どの道、加山様の屋敷に帰してやらんといかんかrらの」


寒山が、お峰を止めた。

残るは、二人である。十人の家臣の上司に当たる男たちを、五人で囲んだ。一人が逃げ、七人が地面でうずくまり呻《うめ》いている。驚愕の表情で立ち尽くす二人の侍の手に、すでに刀はない。

九

家臣二人を中庭に連れていき、地面に座らせた。

この二人だけは逃げられないようにと、背後に右京ノ介と白兵衛が立ち塞がる。

「ここまできたら侍らしく、正直に答えてくれ」

二人の前に立ち、寒山が声を和《なご》めて言った。

「答えたくなければ、返事だけでいい。ただし、嘘をついたらたちどころに薪ざっぽうが背中を打つ」

平袴で地面に正座する二人の侍が、うな垂れるように頭を下げた。

「黒松屋を襲ったのは、おぬしたちだな？」

「いかにも……」

声は小さいが、口から言葉が漏れた。

「だが、本気で襲ったのではあるまい？」

「えっ？」

侍の、不思議なものを見るような顔が上を向いた。

「どうしてそこまで知ってるかってか？　そんなことはどうでもよい。それよりも、肝心なことを聞かせてくれ」

すっかり観念したか、はっきりとしたうなずきがあった。

「両替商の武蔵野屋で、三千両を換金したのもおぬしたちだな？」

少しのためらいがあったが、ここでもうなずいた。

「都合、一万両の金を……わしはこの一件を、加山家と黒松屋の狂言と見ているがどうだ？」

「すべて、お見とおしのようだ」

地べたに座る侍の、うつむいたままの小声のやり取りであった。

「これはもう敵《かな》わん。むしろ、すべてを語ったほうが得策かもしれん」

「左様であるな」

白状する気になったようだ。

「どうやら、すべてを話してくれそうだな。ここはわしたちに任せ、孔沢とお峰でもって、怪我をしている者たちの手当てをしてやってくれ」

「かしこまりました」

孔沢とお峰は、七人の手当てに向かった。

「あの者は、本当の医者だから任せておくがいい。それでだ……」

「黒松屋の堀衛門さんは、どこに行った？」

寒山の問いに、二人の驚く顔が向いた。

「堀衛門だと……？」

「あの者なら、今ごろは家に戻っているはずだが」

「ああ、堀衛門の身代わりとなってどこかのお店者が殺された」

寒山の言葉に、二人の侍の首が傾ぎ、互いの顔を見やっている。

「いや、そんなはずはない。昨夜は、本所《ほんじょ》の下屋敷にいたはずだが」

「昌平橋から飛び降り、自裁したと奉行所から報せがあった。堀衛門の遺体を見たが、あれは堀衛門ではなかった。誰かを殺して……」

「いや、拙者らはそんなことはしておらん。まったく、知らぬことだ」

口調から、どうやら嘘ではなさそうだ。白兵衛が打ち据えようとするのを、寒山が止めた。

「ならば、堀衛門が……？」

「いや、金には阿漕だが、堀衛門は人を殺すようなことはしない」

加山家の家臣が、堀衛門をかばった。

「私も、そう思います」

傷の手当てから戻った孔沢が、言葉を挟んだ。

「すると、あれは誰が殺ったんだ。それとも本当の自裁か？」

寒山に湧いた、新たな疑問であった。

「孔沢。すまんが、黒松屋に行って早桶の中の人物は堀衛門ではないと報せてやってくれんか」

「かしこまりました」

と言い残し、孔沢は急ぎ黒松屋へと向かった。

加山家家臣への尋問は、核心へと迫っていく。

「なぜに、一万両を黒松屋から奪うという狂言を……？」

寒山の問いに、首を振ってためらいを見せる。

「その一万両というのは、ある老中からせがまれたものだろう？」

「いえ、拙者らは何も知らない」

「知らなければ、知らないでけっこう」

寒山は、あっさりと引き下がった。

「だが、なぜこんな狂言を仕組んだか、それは教えてくれてもよかろう」

「ずいぶんと、いろいろなことをご存じで。かしこまった、すべて語ろう」

「吉岡《よしおか》どの……」

「もういい。拙者らが話さなくても、どの道知れることだ。むしろ、このお方たちはわが加山家には敵意がござらんだろう。その前に、徒党を組んで押し入ったのを詫びんといかん。このとおりだ、ご容赦いただきたい」

吉岡と呼ばれた家臣が、両手を地べたについて詫びた。同時に、隣に座る家臣も同じ所作を示した。

「分かったから、手を上げてくだされ。そうだ、土下座では話もしづらかろう。

座敷に上がったら、いかがかな」

「かたじけない」

　場所を座敷に移し、話を聞くことにした。


　吉岡の口から、真相が語られる。

「わが藩は今……」

　近江水島藩主加山肥後守敦盛は、農民の一揆《いっき》に悩まされていた。財政も逼迫《ひっぱく》し、姑息《こそく》のつもりで黒松屋から高利の金を借りたという。姑息とは、一時凌ぎの意味であるが、返却できずに利息が溜まりに溜まり三千両の借財になったという。

　そのとき黒松屋には、幕閣から一万両の無心があった。いくら高利貸しとはいえ、一万両の供出は命にもかかわることで到底できない。だが、供出できるできないのいずれにしても、黒松屋は潰れる運命にあった。

「黒松屋は、盗まれたことにすれば咎めを受けずに済むかもしれないと考えた。そして、当方は三千両の借金が帳消しにできると……両者の目論見が一致したのですな」

　一万両をみすみす賂で取られるより、三千両の損で済むと堀衛門は画策した。

財政難の加山家も、借金の形で策に乗った。

「わが藩江戸家老と黒松屋堀衛門の間で、狂言の絵が画かれたのです」

堀衛門は一晩姿を隠し、委任状を書いて加山家の者に武蔵野屋に三千両を取りに行かせた。武蔵野屋に赴《おもむ》いたのは、商人に身を変えた吉岡本人だと打ち明けた。

「黒松屋の七千両は、加山家の下屋敷で、ほとぼりが冷めるまで預かっております」

「だったら、そのままにしておくがよろしいだろう」

この話を公《おおやけ》にすれば加山家も黒松屋も、田ノ倉の毒牙にかかることになると寒山は読んだ。それと、能面師東山坊にも咎めがあるかもしれない。田ノ倉なら、怒り心頭に発し、そのくらいやりかねない。

――残念だが、この件で田ノ倉を落とし込むのはやめよう。

寒山は、一件を黙しておくことにした。

あと一つ、解決してないことがある。早桶の中の身元だ。答は、孔沢の帰りを待つよりない。

それから半刻ほどして、孔沢が戻ってきた。

「黒松屋は、大騒ぎでしたぞ」

滅多に声を出して笑わぬ孔沢が、腹を抱えている。

「早桶の中は誰だと……いやいや、おかしいのなんの……」

孔沢も、言葉にならない。

「人が死んでるのに、そんなに大笑いすることはないだろう」

寒山にたしなめられても、孔沢は笑いを堪えるのに苦労している。

「それが、本当に昌平橋から飛び降りて自裁した者のようで」

ようやく孔沢に、言葉が戻った。

「書き置きには、黒松屋堀衛門の名が……」

「それが、よく見ると二文字違ってまして……」

黒枌屋の堀偉門と書かれていたらしい。

「くろそぎやのほりいもんってか？」

文字がそっくりで、間違えても仕方がない。

「どうやら博奕《ばくち》に嵌《は》まり、全財産を失い失意からの自裁だと八丁堀《はっちょうぼり》の同心が謝ってきました。そこで私は引き返しましたが、あとで黒枌屋の家族が早桶ごと引き取りに来るそうです」

「弔いがあしたでよかったなあ。きょうなら、今ごろは墓を掘り返しているところだったぞ」

　今度は寒山が、大笑いをしながら言った。

「そうだご隠居、もう一つございました。一万両を取りに来た幕閣の遣いは、早桶を見て帰っていったそうです」

「そうか」と、寒山の一言が返った。

第二話　小火《ぼや》の燃え痕《あと》

一

相変わらず朧月寒山たちの生活は、孔沢の稼ぎに頼っている。

蘭学《らんがく》で学んだ西洋医術もさることながら、針や灸《やいと》の療治が、ときたま大きな稼ぎをもたらせてくれる。

そんな折、孔沢が大店《おおだな》の主《あるじ》の命を救った礼にと、二両の大金をいただいてきた。

季節は秋に入り、このところ穏やかな気候がつづいている。

「ご隠居、たまにはみんなして羽目を外しませんか」

孔沢の提言に、寒山たちの顔も綻《ほころ》ぶというものだ。

「そうだな。ここは孔沢先生に甘えて、新吉原《しんよしわら》へと繰り出し……いや、お峰がいたな」

紅一点、お峰の鋭い視線を感じた寒山は言葉を途中で引っ込めた。

「五人でもって、たった二両じゃそんなに贅沢《ぜいたく》はできませんわね」

「だったらお峰は、何をしたい？」

「そうですねえ……」

寒山の問いに、お峰は顔を天井に向けて考えている。

「たまには中村座《なかむらざ》のお芝居でも観ながら、おいしいお弁当を食べて……」

「芝居を観に、そんな遠くに行くこともねえだろ。ご隠居の齢《とし》も考えてあげな」

中村座がある日本橋 堺町《さかいちょう》までは、一里近くもある。芝居には無粋《ぶすい》な白兵衛から、遠いという理由でもってお峰の案は却下された。二両の使い道で、喧々囂々《けんけんごうごう》の意見が飛び交い、意見は一つところにまとまった。

結局、近在で芝居が観られ、うまい物を食し、気持ちが清められ、季節の風情《ふぜい》を味わうことができ、そして安上がり。そんな一日が過ごせたらよいという意見に落ち着くことができた。

「そいつはいいかもしれんな」

「拙者も、同感ですな」

寒山の言葉に、右京ノ介が被せた。

それから二日後は、朝から抜けるような快晴であった。

「絶好の、行楽日和《びより》であるの」

朝から寒山もはしゃいでいる。大名であったころから、物見遊山《ものみゆさん》という気分で出かけたことなど一度もない。下谷車坂の隠居所『寒月庵』に移り住んでからも、出かけるときはいつも事件絡《がら》みであった。

「きょうは一日、ゆっくり遊んで楽しもうぞ」

つい先日、黒松屋の一件を解決したばかりである。その慰労を兼ねるという狙いもあった。

特別にめかして行くところでもないと、出かける姿は、五人とも普段着である。寒山は隠居らしく、たっつけ袴《ばかま》に袖《そで》なし羽織を纏《まと》い、手には藜《あかざ》の杖《つえ》を持っている。右京ノ介は小袖の着流しに二本の大小を帯び、いざというときは寒山の警護もしなくてはならない。孔沢は、外出のときはいつも手提げの箱、薬籠《やくろう》ともいうが、それを持ち歩く。黒の十徳《じっとく》を羽織り、やはり医者の風情はそのままである。「この日だけは、仕事を忘れたらよかろう」と、寒山に言われても、どこで急患に出会わすか分からないと自分を曲げない。

白兵衛の、千本縞《せんぼんじま》の小袖はいつもの形《なり》で、一見無頼風を髣髴《ほうふつ》させる。お峰は、この日は黄八丈《きはちじょう》を着込み、簪《かんざし》を一本余計に挿《さ》して洒落《しゃれ》ている。

「浅草《あさくさ》なら、近くてよいの」

五人が向かうところは、浅草であった。寒月庵からは、十五町と近いし遊び心をくすぐるものはなんでもある。浅草だけが、五人の要求を一遍《いっぺん》に満たしてくれる、唯一の場所であった。


浅草奥山《おくやま》の芝居小屋で御出木偶《おでこ》芝居を観て楽しみ、観音様にお参りして気持ちを清め、駒形町《こまがたちょう》でもって泥鰌鍋《どじょうなべ》で舌鼓《したつづみ》を打って、花川戸《はなかわど》から屋形船で大川《おおかわ》を下り、季節を満喫しようという寸法である。

御出木偶芝居とは、江戸三座とは区別された小芝居のことをさす。蔑《さげす》まれるも、江戸の庶民にとってはこれにもない娯楽である。

朝五ツからはじまる芝居を眠気を抑えて観入り、奥山から冠木門《かぶきもん》を潜って金龍山浅草寺《きんりゅうさんせんそうじ》の観音様にご利益祈願を行い、そして駒形町で名物の泥鰌鍋で腹を満たした。

「ああ、食ったな」

五人が満足して外に出ると、日は中天よりいくぶん西にあり正午を半刻ばかり過ぎたころであった。

もう一つ、余興が残っている。秋の風情を大川から眺める、川下りである。川舟にはたびたび乗るが、今まで遊びのつもりで大川から景色を眺めたことなどない。それも、一つの楽しみであった。

浅草花川戸の船宿から屋形船を一艘《そう》借り切り、船遊びに繰り出す。

寒山たちが乗る屋形船は、四本の柱に屋根だけが乗り、障子戸は塡《は》められていない小ぶりの屋形船である。障子戸が許されるのは、武家の利用だけとの決まりがあった。むろん寒山も障子戸つきの船に乗れる身分であるが、そこまでは贅沢ができないという理由で拒《こば》んだ。

舳先《へさき》に一人、艫《とも》が一人の、船頭が二人で漕《こ》ぐ船である。

大川を南に向かい、佃島《つくだじま》に上陸して土産《みやげ》を買ってから戻る、往復の川旅である。

夏の暑さに慣れたか、秋の風はいくぶん寒く感じる。

「ご隠居、やはり障子のある船のほうがよろしかったのではございませんか？」

井川家の御殿医《ごてんい》でもあった孔沢が、寒山を気遣《きづか》った。

「何を申すか、孔沢。人を年寄り扱いするのではない」

齢《よわい》五十歳となった寒山は、すでに老齢の身となっている。五十歳まで生きれば長寿と言われる時代である。だが、日ごろの体の鍛錬と、人生の目的意識の高揚から、自分自身十歳は若いと寒山は思っている。また、他人《ひと》からも『――お若いですね』と、よく言われ、満悦している。

浅瀬の中洲には、背丈ほどもあるすすきの穂が揺れ、季節が秋であることを感じさせる。

右手に、幕府の米蔵である浅草御蔵を見やりながら、船は静かに大川を下っていく。やがて、前方に米沢町《よねざわちょう》と本所を渡す両国橋《りょうごくばし》が見えてきた。橋の手前一町ほどのところで、西から流れてきた神田川が合流する。神田川に架かる橋が、柳橋《やなぎばし》である。

寒山たちが乗った船は、まだその手前一町半のところにあった。

「ご隠居様……」

声をかけたのは、胴の間で寒山の隣に座るお峰であった。

「ずいぶんと、大きな船が……」

柳橋を潜って大川に出てきたのは、全長が十間もある、障子戸がはめられた大型の屋形船であった。大名級のかなり高貴な武家でないと、乗れる船ではない。中の様子は、障子戸で遮《さえぎ》られて分からない。

舳先と艫で舵《かじ》を取り、船上には船頭が六人ほど乗り、長い水棹《みざお》で水面を漕いでいる。世の中を謳歌《おうか》するように、進みはゆっくりだ。たちまちその差が、二十間ほどに近づく。

「おい、船頭さん……」

前を進む大屋形船を目にした寒山の顔から、さっと血の気が引いた。

前を進む屋形船に、寒山の目は釘付《くぎづ》けとなった。

「…………」

「どうかなされましたか、ご隠居？」

寒山の向かいに座る右京ノ介が、怪訝《けげん》な様子で問うた。

だが、寒山は何も答えることなく、じっと前を見据えるだけだ。

寒山たちが乗った船が、両国橋を潜る。

「たのくら……」

そこでようやく、寒山の口から声が漏れた。しかし、声が小さく川風に流され
四人の耳には届いていない。

「何か言われましたか、ご隠居？」

さらに、右京ノ介の問いがあった。それには答えず、寒山の体が、艫で櫓《ろ》を漕ぐ船頭に向いた。

「船頭さん、あの船に付かず離れず追ってくれ。ああ、この間隔でいい」

その差が、十五間ほどと縮まっている。ようやく顔が識別できるほどの間合いである。

前を行く船は船遊びを楽しむのか、大川に入って障子戸が開いた。高貴な武士が三人に、大店の主と見られる商人風の町人が四人。そこに、芸妓《げいぎ》風の女が七人ほど乗り合わせている。

芸妓から酌《しゃく》をされ、武士の真ん中に座る男がグッと杯を呑みほした。

「今、酒を呑んだのが田ノ倉恒行だ」

寒山が、声を絞り出すように言った。

「えっ？」

四人が声をそろえて、前を行く船を凝視した。しかし、寒山以外は田ノ倉の顔を知らない。

「どれが田ノ倉様で……？」

「あやつに、様などつけるでない」

右京ノ介の問いが、寒山にたしなめられた。

「田ノ倉は……？」

「三人の、真ん中に座っている男だ。見てみろ、芸妓を周りにはべらせ、手まで握ってやがる。昔から女好きな、助平な野郎だ」

これまでにない悪態が、寒山の口からついて出た。しかし、積年の恨みをもつ田ノ倉をあまりにも急に目前にして、寒山はどう対処してよいか決めかねている。今は、つらみを口に出して言うことしかできない。

そうするうちにも船はさらに進み、右手は浜町《はまちょう》の武家屋敷の裏塀がつづく景色となった。左手は本所、幕府の船を格納した御船蔵が五町に亘《わた》ってある。そんな景色に目もくれず、五人の目は一点に集中している。

遠くに、新大橋《しんおおはし》が見えてきた。武家町浜町と深川《ふかがわ》を渡す、橋長約百十六間の太鼓橋《たいこばし》である。

前を行く船が、新大橋の、狭い橋脚の間をすり抜けるように通過した。そして、一町ほど行ったところであった。下流から、五人の侍を乗せた川舟が向かってくるのが見えた。そのまますれ違えば、何事もない。しかし、侍たちを乗せた舟がいくぶん向きを変えると、舳先が大型の屋形船に向いた。速度を落とそうとはしない。半纏《はんてん》を着た中間《ちゅうげん》風の、前で水棹を搔く船頭と艫で櫓を漕ぐ船頭の手の動きが速くなっている。そのまま進めば、川舟が大屋形船に体当たりする。それを狙っているような、川舟の動きであった。

衝突を避けるため、大屋形船の船頭が左に向きを変えようとさかんに長棹を動かしている。

寒山たちの乗った船は速度を落とし、その様子を見やった。

「おい、何か起ころうとしているぞ」

「危ないですね、あの舟……」

寒山の言葉に、お峰が反応した。

変わっていることといえば、侍たちの衣装である。小袖に襷《たすき》をかけ白鉢巻《しろはちまき》をしているその姿に、異変を感じる。

「ご隠居、あの舟は屋形船を襲おうとしてますぞ」

「そのようだの」

右京ノ介の言葉に、寒山は大きくうなずいた。

「船頭さん、早く屋形船に近づけてくれ」

寒山が、艫で櫓を漕ぐ船頭を急《せ》かした。

「船が近づいたら、右京と白兵衛であの屋形船を守ってくれ」

「ご隠居様、なんで？」

お峰が、訝《いぶか》しげに問うた。田ノ倉が襲われ、せっかくやっつけられるのにと四人の目が語っている。

「あんな者たちの手で、田ノ倉を成敗《せいばい》させてはならん。あの者は、わしの手で陥れる。誰の手にも渡すことはならんのだ」

「かしこまりました」

寒山の心根を知って、右京ノ介の大きな声が返った。

「あの侍たちを、死なせてよろしいので？」

「いや、ならん。誰が田ノ倉を襲うのか、知りたいところだしの。白兵衛の力で、二人ほど川に落とせ」

「へい」

そうしているうちに、五人の乗った川舟が田ノ倉が乗った屋形船の側面につき、侍たちが、屋形船に乗り込もうとしている。その声が、寒山たちの耳に届くほどの間合いとなった。

「お命、頂戴するだや」

五人の侍の一人が、声を放った。

侍たちの、決死の覚悟を感じさせる。

「何者の狼藉《ろうぜき》だ！」

大声で問うたのは、田ノ倉の隣にいる武士である。田ノ倉よりは十歳ほど若そうだが、それなりの貫禄《かんろく》が漂う大身《たいしん》の旗本と見える。

「おや、あの者は……」

もう一人の位が高そうな武士は、寒山が知る顔のようだ。「……これはいかん」と寒山は呟《つぶや》くと、相手に顔を見られぬよう面《おもて》を伏せた。むろん、田ノ倉にも顔を見られてはならない。小ぶりの屋形船といえど、船底は深い。寒山は、船縁《ふなべり》に身を伏せ死角に潜んだ。

侍たちが乗った舟と、田ノ倉の船が隅田川を江戸湾に向かって流れていく。やり過ごせればよいが、大型の屋形船の速度が落ちた。見ると舳先の前に、もう一艘の川舟が止まり、行く手を阻止している。その舟には、三人の侍が乗っている。二艘の舟で、田ノ倉に襲いかかろうとの算段に見える。

川舟が横づけしようとするその瞬間、寒山の乗った船が割り込むようにして舳先をこじ入れた。乗り移ろうとしていた侍たちが、怒号を飛ばす。

「何やつだがの？」

「邪魔すりゃ、ただではすまんがの」

怒りで、五人が一斉に立ち上がったから堪《たま》らない。

さほど大きな川舟ではない。

重心が片寄り、舟がつり合いを失うと、その揺れで二人が川へと落ちた。労せずして二人いなくなり、相手は三人となった。白兵衛は、相手の舟の縁をつかみ、さらにぐらぐらと揺らすとまた一人、水飛沫《みずしぶき》を上げて川へと落ちた。

その間にも、右京ノ介は大刀を抜くと、刀の棟《むね》で二人の脇腹を払った。胴の間に二人の侍がうずくまった。

ふと気づいてみると、田ノ倉の乗った大型の屋形船はずっと川下に見える。助けてもらった礼も言わず、去っていったのである。

川面を見ると、三人の侍が溺《おぼ》れている。

「白兵衛、助けて……」

それを助けようと寒山は白兵衛に命じたが、相手の阻止にあった。

「ええや、手出しは無用だけの」

もう一艘の舟が近づき、三人の助《すけ》に入っている。襲撃を阻止された恨みが、侍たちの面相に表れている。伊賀袴を穿《は》き、小袖に襷をかけての動きやすい格好である。その身形《みなり》から、どこかの家中の家臣たちと見える。

二

そんなやり取りの間にも、田ノ倉の乗った船は遠く離れ、やがて見えなくなった。

「お礼ぐらい言ってくれてもよさそうなものだけど」

助けた礼が返らないことに、お峰が腹を立てている。

「あれが、田ノ倉という男よ」

「ご隠居様が恨み骨髄《こつずい》に思うのも、無理はございません」

「お峰にも、よく分かっただろう。ああいう男が幕府を牛耳《ぎゅうじ》っていては、いつまでたっても世の中はよくならん」

川に溺れた侍を、一人くらいは助けようと思ったが、二艘の舟に乗せられ寒山の舟から離れていった。

「どこの家中の者たちか、知りそこないましたな」

右京ノ介が、残念そうに言った。

「いや、いいい。それにしても、田ノ倉を恨む者がわしのほかにも大勢いるってことだ」

「田ノ倉が、どこに行くか追ってみますか？」

「追ったところで、仕方ないだろ」

田ノ倉を陥れるとは、殺害することではない。我が物の権勢から、引きずり下ろすことにある。悪政の証《あか》しを立て、正々堂々対決するのが、寒山の本懐《ほんかい》である。

「なんだか、川遊びの気分は失せたな」

寒山が、ポツリと口にした。

「せっかく来たのですから、ご隠居様……」

「そうだな、お峰。わしの気分一つで、みんなの楽しみを奪ってはならん。気持ちを変えるとするか」

佃島の先は、江戸湾である。そこまでは、行ってみようということになった。

急に海原の視界が開け、潮風を胸いっぱいに吸い込む。

「海は広くて、いいのう。来てみてよかったわ」

ずっと海の見えないところで暮らしてきた寒山である。佃島に上陸し、その眺めを日が西に傾くまで堪能した。

「いつまで見ていても、飽きんな」

「そろそろ戻りませんと、ぐっと冷えてきます。神経痛に障《さわ》りますから」

孔沢が、医者としての立場で言った。

「そうだな」

佃島で漁師が造った魚の佃煮と干物を土産に買って、寒山たちは待たせてあった屋形船に乗った。

「そういえば、田ノ倉たちの乗ったあの屋形船はどこかに消えたな」

大川の流れに逆らい遡《さかのぼ》るので、来たときよりも船はゆっくりと進む。寒山の声は風に飛ばされず、聞こえやすくなった。

「江戸湾の沖に出たと思ったが……」

「いや、あの船ではさほど沖には行けねえはずだ。海に出たとしても、目にはつきますぜ」

寒山の声が聞こえたか、艫で櫓を漕ぐ船頭が言った。

「ならばどこに……？」

「おそらく、永代島《えいたいじま》から新堀川《しんほりかわ》に入り、日本橋川に向かったのではねえかと」

川幅の広い日本橋川を西に向かえば、やがて一石橋《いちこくばし》から外濠にぶつかる。呉服《ごふく》橋《ばし》御門から先は大大名の上屋敷が連なり、その奥が江戸幕府が布《し》かれる千代《ちよ》田城《だじょう》である。

田ノ倉の屋敷は、その一角にある。

「屋敷へと、戻っていったのか。それにしては……」

口にするも、寒山の首は傾《かし》いでいる。豪商風の商人たちと七人の芸妓衆が同乗していた。お忍びにしては、派手な遊びである。

「それはよいとして……」

寒山が首を傾げているのは、別のことである。

「何かございましたか？」

問うたのは、右京ノ介であった。

「田ノ倉の船に、顔見知りが乗っておってな……」

「ほう、左様でございましたか。それで、どちらのお方で……？」

さらに、右京ノ介の問いがあった。

「まあ、いい。少し、寒くなってきたの」

小ぶりの屋形船は大川を遡り、花川戸の船宿に着いたと同時に、夕七ツを報《しら》せる捨て鐘《がね》が三つ早打ちで鳴るのが聞こえてきた。

寒月庵に戻ると、少し疲れを覚えたか寒山は自分の部屋で大の字となった。天井に目を向け、考えている。

「……誰だったか」

顔は憶えているのに、名が思い出せない。船の上で右京ノ介に問われたが、名前が思い出せずにはぐらかした。それからずっと、考えている。

「ああ、思い出せん。咽喉《のど》もとまで出ているのに」

独り言を口にしては、顔を顰《しか》める。

「いよいよ、忘れん坊になってきたかの」

人の名を忘れることは、誰にでもよくあることで、心配することではないと孔沢から言われている。

「そんなことより、もっと大事なことを失念していた。田ノ倉を襲ったあの侍たちは……」

こちらの出来事を忘れたとしたら、忘れん坊はより深刻なものとなる。そんな自覚に、寒山は頭の中を切り替えた。

「考えなくてはならないのは、こっちのほうだ」

寒山は、頭の中で屋形船から見た光景をなぞっていた。大川を下る景色が脳裏によみがえる。浮かんだ光景に手がかりを探すも、思い当たる節は何も出てこない。

「……やはり、どこかの家中の者たちか聞いておけばよかった」

しかし、相手からすれば襲撃を邪魔された敵である。恨みはこちらに向いているだろう。しかし、あそこで田ノ倉を殺させるわけにはいかなかった。

しかし、しかしが、寒山の頭の中を駆け巡る。

「早く決着をつけんと、そのうちあやつは誰かに殺《や》られてしまうな」

寒山が、独りごちたところであった。

「ご隠居様……」

障子戸の外から、お峰の声が伝わってきた。

「どうした?」

「お食事の仕度ができましたので……」

「おや、もうそんな刻《とき》か」

外に目を向けると、あたりは薄暗くなっている。考えが一つところに向いていていたので、時が過ぎていく実感がなかった。

「今、行く」

「その前に、お風呂が沸いていると右京様が伝えてこいと」

「右京だと。白兵衛はどうした？」

「ちょっと、行くところがあると。それで、右京様がお風呂を……」

白兵衛に用事があるときは、右京ノ介が風呂を沸かすことになっている。

「右京に、ちょうどよい湯加減にしておいてくれと言ってくれ。今すぐに行く」

かしこまりましたとお峰の声が聞こえ、その場を離れる足音が聞こえた。寒山は風呂へと向かおうと体を起こした。しかし、その場で座り込んで、立ち上がろうとしない。

「白兵衛……そうだ、思い出した。あの男の名は、白川継春《しらかわつぎはる》。そうか、あの白川が田ノ倉と関わりがあったのか」

一つ思い出し、寒山の胸の閊《つか》えが下りたようだ。

すっくと立ち上がり、寒山は穿いていた、たっつけ袴を脱ぐと風呂場へと向かった。

佃島の土産で買ってきた鯊《はぜ》の甘露煮《かんろに》を、酒の肴《さかな》にして晩酌となった。白兵衛も、いつしか戻っている。だが、どこに行ってきたとは、いちいち訊《き》かない。

五人が、いつもの配置となって膳が置かれている。

「きょうは、楽しかったの。久しぶりに、外で遊んだ」

鯊の甘露煮を頭から齧《かじ》り、寒山が口にした。

「お疲れではなかったですか？　どこか、具合が悪いところとか……」

孔沢が、医者の立場で訊いた。

「いや、疲れてなんかおらん。痛いところもないしな」

「ですが、帰ってからずっと部屋にこもっておられました。どこか具合が悪いのかと、お診立《みた》てしようと思いましたが、お疲れになっただけだろうと黙っておりました」

「そうか、心配をかけてすまなかったの。体のほうはいたって元気なのだが、ちょっと考えごとをしとってな」

「考えごとですか。もしや、あの大川での出来事で……？」

問うたのは、右京ノ介であった。

「そうだ。あんなことがあったおかげで、芝居の筋も、泥鰌の味もみな忘れてしまったな」

「それにしても、どこの家中の者でしょう？」

孔沢の問いであった。やはり、夕餉《ゆうげ》の話題はそれ一色となった。

「拙者が訊いたが、教えてはくれんかった。凄《すご》い眼光で、睨《にら》みつけられただけだ」

右京ノ介が、残念といった面持《おもも》ちで酒をぐいっと呷《あお》った。

「もう、そんなことはよい。それよりも思い出したことがあっての」

「ほう、思い出したとはどんなことでございましょう？」

「田ノ倉と一緒に、船に乗っていた武士だ」

「拙者が、どちらのお方と訊いたあの武士でございますか？」

「そうだ。右京から訊かれたときは、その名を忘れていてな……」

「それで、あの場ではお答えなされなかったのですな」

「まあ、そういうことだ。だが、さっき思い出しての」

寒山が、すっきりしたような面持ちで言った。

「どちらのお方でございました？」

「白川継春という名に、聞き覚えがないか？」

寒山の問いに、四人の顔が一斉に天井を向いた。「しらかわ、しらかわ……」と、口にしながら考えている。寒山でも、ようやく思い出した名である。ましてや、配下の立場である者たちがすぐに思い出せるはずもない。と思いきや、寒山よりも早く思い出せた者がいた。

「もしやそれって、寺社奉行の白川継春様ではございませんか？」

「ほう、白兵衛が知っておったか」

思いがけなかったと、寒山の驚く目が白兵衛に向いた。

「ええ。ずっと以前、まだお屋敷のほうにいたころ、ある大名家を探っていて、それが白川継春という名であったことを思い出しました」

「あれは、なんで探らせたんだっけかな？」

寒山の頭の中に溶け込んでしまい、記憶の奥にこびりついているかどうかの事柄であった。探りを命じられた白兵衛ですら、すぐには思い出せなかった。

「白川様といえば、たしか遠江《とおとうみ》は掛山《かけやま》藩主。奏者番《そうしゃばん》から寺社奉行、末は幕閣老中に狙いを定めるお方と聞いたことがあります」

右京もその名を思い出したか、早口となって答えた。だが、白兵衛が探ったという理由《わけ》までは知らない。

「そうだ、思い出した。あまりに他愛《たわい》のないことでしたので、失念してましたわ。あれは、探るというより白川様のお屋敷を探していたにすぎませんでした」

「わしも思い出したぞ。そりゃ、白兵衛が忘れるのも無理はないわな」

にわかに破顔して、寒山は声を出して笑った。

「いったい何がございましたので？」

孔沢が、問うた。ことと次第によっては、寒山の健忘症を心配したからだ。

「五年ほど前だったかの。わしが月次登城《つきなみ》で詰所にいたとき……」

千代田城での従四位下大名の詰所は、芙蓉《ふよう》の間である。そのとき、白川継春も同部屋で待機していた。さほど親しいわけでもなく、あまり話をしたこともない。それから間もなくして白川の詰所が変わり、顔を合わすことはほとんどなくなった。

「まあ、頭を下げて挨拶《あいさつ》くらいはしたがな。今となっては、顔は憶えているがすぐに名までは思い出せんかった」

「それでしたらご隠居、案ずるにはおよびません。忘れた名を、思い出せたことが肝要なのです。それと、本当に健忘症なら顔すら憶えていないはずです」

孔沢は、寒山の健忘症を疑ったが、自らの診立てにほっと安堵《あんど》の息を吐いた。

「別にわしは案じておらんがな。それより、話を先に進めるぞ。上様との謁見《えっけん》が済んで帰ろうとしたとき、白川殿の袂《たもと》から厳重に封がされた書簡が落ちた」

寒山は書簡を拾い、すぐに追ったが見失った。

「お城の茶坊主に預けようと思ったが、どうも外に漏らしてはならないような不穏な感じがしてな、直《じか》に届けようとわしの懐《ふところ》に入れた。そして屋敷に戻ると、すぐに白兵衛に書簡を届けるように命じたのだ」

「そうでした。ですが、白川様の屋敷がどこにあるか分からない。あれは屋敷を探るというより、探していたのですな。その日のうちに無事に届けることができました。まあ、それだけの用事でございましたな」

「その後、詰所で白川殿と会ったが、一言『助かりました』と、礼があっただけだ。どうやら、密書でもなんでもなかったらしい」

寒山と白兵衛の話を聞いただけでも、たしかに他愛のないことである。

「それにしてもあの白川殿が、田ノ倉と関わっていたとはなあ」

寒山が、ふーむと鼻息を漏らして口にした。

「ご隠居。その白川って殿様、田ノ倉の腰巾着《こしぎんちゃく》らしいですな」

「ああ。ああいう輩《やから》は、田ノ倉の周りには佃煮にするほどいる」

右京ノ介の言葉に、寒山は佃島で買ってきたもう一品の、小女子《こうなご》の佃煮を箸《はし》でつまみながら返した。

「佃煮でございますか。ご隠居もうまいことを言われますな」

洒落の利かない堅物《かたぶつ》の右京ノ介が、珍しく破顔させて言った。

和《なご》やかな晩餐《ばんさん》となったが、ことはこれだけで終わりではない。

三

佃煮の珍味が咽喉を誘ったか、その夜はいつもより酒の量が多くなった。

暮六ツごろからはじまった夕餉は、一刻半ほどしてお開きとなった。それぞれの部屋に戻ると、昼間の遊び疲れも出てか、みな寝付きが早い。

夜も更け、町木戸が閉まる夜四ツまで四半刻ほど残すころであった。

「ん、何か外が騒がしいな」

外の騒ぎ声に寒山は目を覚ますと、寝床から立ち上がった。

「ご隠居、何か外で騒ぎが……」

「ああ、わしも起こされてしまった」

寒山と右京ノ介ばかりでなく孔沢、白兵衛そしてお峰も寝巻きのまま起きてきた。と同時に、塀の板戸を大きく叩く音が聞こえてきた。何事があったのだと、五人がそろって外へと飛び出す。板戸の閂《かんぬき》を開けると、そこに七、八人の鳶《とび》職人と思《おぼ》しき屈強な男たちが立っている。

「何かありましたので？」

問うたのは、右京ノ介であった。

「何かあったかじゃねえや。あっしらが通らなかったら、今ごろこの家は丸焼けになっていたぜ」

「なんだって？」

聞き捨てならぬと、寒山が前に立った。

男たちが着ている印半纏《しるしばんてん》の襟《えり》には『鳶　辰巳《たつみ》組』と、白文字で抜かれている。

「板塀に火がつけられてたんでな、俺たちが急いで消した」

「幸いにも、近くに天水桶《てんすいおけ》があったのでな、その水で間に合った」

「少しでも遅れてたら、この家どころかこの界隈《かいわい》は火の海になってたぜ」

鳶職人たちが、交互に口にする。近在で、酒盛りをしての帰りであった。この鳶職人たちは本職の傍《かたわ》らで町火消しも兼ねる、十番組『る組』の若い衆《し》たちであった。この夜は、辰巳組での仕事の打ち上げで呑んでいたという。

「どうやら、この家に火をつけようとしてたらしいぜ」

年嵩《としかさ》の男が口にした。

「火付けとな?」

これまで見たこともない、寒山の苦渋《くじゆう》を帯びた顔であった。

「爺《じい》さんに、火をつけられるような覚えがないので?」

「まったく、思い当たらん……いったい、誰が?」

寒山が呟くところに、鳶が言葉を重ねる。

「とにもかくにも、用心に超したことはねえ。今夜は火を消し止められたが、いつもこううまくいくとは限らねえからな」

「本当に助かった。このとおり、礼を言う」

寒山に倣《なら》い、四人も深く頭を下げた。

「あっしらは仕事だから礼なんぞいらねえ。それよりも、誰かに遺恨《いこん》を買われてたら、早いところ取り除いておいたほうがいいぜ」

年長の鳶から言われても、相手にまったく覚えがない。いつぞやの近江水島藩加山家のことだって、ことを穏便に済ませ感謝されることはあっても、恨まれることはないはずだ。

「それじゃ、あっしらは引き上げますぜ。くれぐれも、火の用心を怠《おこた》りなく」

寒山が考えているところで、鳶の言葉が耳に入った。

「ご苦労さんだった。あとで頭《かしら》のところに礼でも……」

「そんな気を遣うことはねえよ。まあ、酒の二升でも差し入れてくれたら、ありがてえがな」

冗談めかしの言葉を吐いて、鳶たちは去っていった。

「まあ、なんて男らしい……」

お峰が目を輝かせて、鳶たちの背中を見送った。


塀に、火をつけられた痕が残っている。

板塀が一枚、六尺ほどの高さまで焦げている。その周囲に水がかけられ、板が黒ずんでいる。

「危ないところだったな」

あと一尺も炎が立ち上がれば、天水桶の水だけでは消し止められなかったかもしれない。それこそ紙一重《かみひとえ》で助かったともいえる。

「いったい誰の仕業なんで？」

白兵衛が、怒りのこもる口調で言った。

「さっぱり思い当たる者はおらん」

寒山が、自分に言い含めるように言った。

「ここにいてもしょうがありませんな。中に入りましょう」

「見張ってなくて、よろしいですかね？」

白兵衛が、孔沢に問うた。

「そうですね。いや、見張ることはないでしょう。もう、火付けには来ません」

「どうして孔沢にはそう言える？」

寒山の問いが、孔沢に向いた。

この中では一番の博学で、若いながら世の中の髄を知り尽くしている孔沢である。その頭の回転の速さには、みな一目も二目も置いている。

「この家を本気で燃やそうとしていたら、もっと派手に火をつけているでしょう。そう思えば、これは火付けを楽しむ者の仕業ではないと思えます。そういう輩は、家が燃え上がるのを……」

「それは分かった」

寒山が、みなまで言うことはないと、孔沢の語りを途中で止めた。

「すると、この家に恨みがある者の仕業だと言うのだな？」

「そう思って、間違いないものと」

「ならば、見張っていたほうがよいのではないか？」

「今夜は、その必要はないと思われます。火付けというのは天下の大罪。こんな小火《ぼや》でも、捕まれば打ち首獄門《ごくもん》となります。見張っているかもしれない家を、命を賭《と》してまで二度も火をつけに来る馬鹿はいないはずです」

孔沢が、持論を説《と》いた。

そんなところに、夜四ツを報せる鐘の音が聞こえてきた。

「寒くなったな。風邪をひいてはならん、中に入ろう」

寒山が、孔沢の言葉に従って門の中に入った。白兵衛がしんがりとなって、中に入る。その際、外を見回したが不穏な気配はない。野良犬が一匹、餌《えさ》を求めてうろつくだけだ。小洒落た数寄屋造《すきやづく》りの門にしっかりと門をかけ、五人は母屋《おもや》の中に入った。

いったい誰の仕業なんだ、という思いが頭をよぎっては、すぐに眠れるものではない。五人はいつもの居間に集まり、車座となった。

——火付けをするほどの、深い恨みはどこからくるのか？

これが、五人の頭の中を駆け巡る疑問であった。

「拙者が思うところでございますが……」

まずは、右京ノ介が思い当たる節を口にする。

「これは、大川での襲撃を阻止された者たちの、逆恨みではないかと」

右京ノ介の考えに、すぐに同ずる者はいない。みな首を傾げて、考えている。

「誰も、そうとは思わんのか？」

右京ノ介が、誰にともなく問うた。

「うーん。右京様が思っていることを、あたしも考えました」

お峰が、首を捻《ひね》りながら口にする。

「あのあと屋形船を襲ったお侍たちは、反対方向の上流に向かって行きました。ずっと見てましたけど、あとを尾《つ》けてきたようには見えませんでしたが」

進路とは反対の上流を向いていたとのお峰の意見に、寒山がうなずく。

「お峰の言うとおりだ。あのあとわしらは江戸湾まで行って、それで佃島では一刻ほど滞在した。そこであの侍たちは、ずっとわしらのことを見張っていたのか？　それは、考えられんだろう」

寒山が、決めつけるように言った。

「ですがご隠居、千載一遇《せんざいいちぐう》の好機を邪魔されたのですぞ。恨みは募《つの》って当たり前だと思いますが」

「でしたら右京様は、なぜにあのお侍たちがこの寒月庵を突き止めることができたと思われますの？」

「それは、なんとも分からん」

お峰の問いに、右京ノ介の言葉が詰まった。

「もしかしたら、右京様の意見に一理あるかもしれません」

口を出したのは、孔沢であった。

「私どもが乗る舟の縁に、船宿の屋号が書かれてありました。たしか『花川戸舟徳《ふなとく》』とか。そこで舟を借りるとき、こちらの住まいを明かさなかったですかな？」

万が一の事故のためと、この船宿では貸切の屋形船には、宿帳ならぬ舟帳をつけている。ほとんどまともな素性《すじよう》を書く者はいないが、いざというとき困ることになる。その宿帳には『下谷車坂　寒月庵　寒山』と、正直に記帳しておいた。

「屋形船の舟宿が知れれば、そちらのほうで調べるのは容易《たやす》いものと」

「なるほどのう。それにしても、いつも孔沢の意見は鋭いところを突く」

寒山が、感心する面持ちで言った。

「だが、いくら逆恨みとはいえ、家を燃やすことはないだろ。下手《へた》をすれば、江戸中に火が燃え移ることになるのだぞ」

「恨みが骨髄に達すれば、他人《ひと》にどれほど迷惑がかかろうが、そんなところまでは考えてはいないでしょう」

孔沢の考えは、右京ノ介の意見に傾いている。

「それにしても、よほど田ノ倉に恨みをもつ者なのだろうのう」

「こちらを、田ノ倉の手の者と、間違えているのでございましょうな」

「本当に、どこの家中の者たちか知りたくなったの」

「でしたら、ご隠居……」

孔沢に、調べる策がありそうだ。

「明日にでも、花川戸の舟徳に行って聞いてみたらよろしいかと。もし、そういった侍たちが来ていたとしたら、火付けはその者たちの仕業に間違いないものと。もし、来ていないとしたら……」

「来ていないとしたら……？」

右京ノ介が、孔沢の止まった言葉を促した。

「来ていないとしたら、田ノ倉がご隠居に気づいていたのかもしれません」

孔沢が、おもむろに口にした。

「すると、火付けは田ノ倉の手によるものか？」

驚く口調で、寒山が問う。

「そういうことも、あり得るかと……」

「老中が、火付けなどするか？」

「むろん、本気で燃やすのではなく、警告ということならあり得るでしょう。それが証拠に、天水桶の近くで火をつけています」

「わしに纏わりつくなってか？」

寒山が、田ノ倉の気持ちとなって問うた。

「田ノ倉の性格ならば、それもあり得るものかと」

孔沢の、落ち着いた声音《こわね》であった。

果たして、誰に狙われているのか、ここで結論が出るものではない。

夜も更けるが目が冴《さ》えて、誰も眠たいと言う者はいない。

「駄目だ、眠れんの。お峰、酒の用意をしてくれんか。まだ、佃煮が残っていただろう」

寒山が、眠りに酒の力を借りようと口にした。

「ご隠居。あまり寝酒が過ぎては、かえって毒ですぞ」

医者の立場で、孔沢が言った。

「ならば、孔沢は眠れるのか？」

「眠れないときは、ここを指圧したらよろしいかと」

孔沢は、鍼灸師《しんきゅうし》でもある。人体の孔穴《こうけつ》に精通している。眠りを促す壺《つぼ》は心得ている。

「いや、壺を圧《お》すのもよいが、一杯呑みたい気持ちなのよ」

寒山が、本音を言った。

「それでしたら、私も付き合います」

かくして夜中の酒盛りが再開する。お峰と白兵衛が、その準備に勝手場に向かった。

四

深酒が過ぎて、翌朝の寒山の頭は重かった。

早朝に起こされたのは、火付盗賊改方《ひつけとうぞくあらためかた》の同心によってであった。それには、孔沢が出て応対にあたる。武家の隠居所とは思われたくなかったからだ。

「拙者、火盗改《かとうあらため》の矢吹《やぶき》と申す。外の板塀に焦げた痕があったが、いかがしたのか？」

板塀の焦げ痕を見て、訪れたとのことだ。

「火付けとあらば、見逃してはおけんでの」

「それは、ご苦労さまでございます」

母屋の引き戸を開け、敷居を挟んで孔沢は火盗改と向かい合った。同心のうしろには、差口奉公《さしぐちぼうこう》と呼ばれる手下が控えている。

「火をつけられたのを、知っておったか？」

「はい、夜四ツの少し前のことでした。騒ぎでもって起こされ……」

孔沢は、そのときの様子を余すところなく語った。

「そうか。る組の若衆が、火を消したと言うのだな」

「おかげさまで、助かりました」

「ところで、この家はおぬしのほかに誰が住んでおる？」

「私の師匠であるご隠居と、下働きの娘、そして下男が一人おります」

侍である右京ノ介を出すと、いろいろ訊かれるだろうと孔沢は黙しておいた。町奉行所役人とは違い、火盗改は武家だろうが寺社だろうが、遠慮容赦《ようしゃ》なく踏み込んでくる。この場では、寒月庵が武家の隠居所であることは隠しておきたかった。

「こちらは、何をしているところだ？」

「はい。手前は医者であり、針や灸での療治もします。肩凝《かたこ》り腰痛などがございましたら、ぜひ……」

「いや、拙者は肩など凝っておらんからいい。それより、火をつけられるような覚えはないのか？」

「まったくございません。る組の方にも訊かれましたが、人から感謝されることはあれ、恨みを買うことなどまったくございません」

矢吹という役人は、孔沢の言うことを鵜呑《うの》みにしたようだ。

「これは、行きずりの犯行とも思える。おい、寅八《とらはち》……」

うしろに控える差口奉公に、矢吹が声をかけた。差口奉公とは、町方同心の手下である岡っ引きと同じ身分だが、呼び方が区別されている。

「へい」

「今夜から、このあたりの警戒は怠るな。あっちこっちに火をつけては喜ぶ、大馬鹿野郎の仕業かもしれねえ。見つけたら、とっ捕まえろ」

「かしこまりやした」

寅八という、差口奉公の弾む返事であった。腕まくりをして、手柄を立てようとの意気込みを感じる。孔沢としては、それがありがたかった。見廻りを、火盗改の手でやってくれれば、安心して眠れる。

「見廻りよろしくお願いいたします。それにしても、誰が火付けなんぞを……?」

火付けの下手人《げしゅにん》はこちらで探すとは、むろん口に出しては言えない。

「意味もなく、手当たり次第に火をつけてまわる気が狂った奴がいる。そんな野郎の仕業だと考えられる。見つけたら、容赦しねえ。寅八、行くぜ」

鼻息を荒くして、火盗改方同心と手下は去っていった。それを見届け、寒山が戸口へと出てきた。

「火盗改が来たか。先に下手人を探されては困るな」

「ですが、行きずりの犯行と言っておりましたが……」

「いや、本当にそう思っているならば、かなりの寝ぼけ同心であるぞ」

「どうしてでしょう、ご隠居様？」

背後から、お峰が問うた。

「明晰《めいせき》な同心ならば、この放火に何か意味を感じるはずだ。それは孔沢、おぬし自身が言っていたではないか」

「さすがご隠居。天水桶が近くにあった件《くだり》ですな。それと、火をつけた個所は、表通りからも目につくところです。気が利いた同心ならば、そこに気づかないはずはありませんな」

「するとあの同心、惚《とぼ》けているってこと？」

お峰が、首を傾げて問うた。

「なぜに火盗改の同心が惚ける必要がある？　あれは、本気で行きずりの犯行と思っているのさ。だから、見廻りよろしくお願いしますと言っておいた」

孔沢が、お峰に答えたところであった。

「ごめんよ……」

一言発して引き戸を開けたのは、頭に八丁堀《はっちょうぼり》風の小銀杏《こいちょう》の髷《まげ》を載せた、町方と呼ばれる定町廻《じょうまちまわ》り同心であった。先に来た火盗改の同心とは、身形はほとんど同じでも髪型にいくぶんの違いがあった。

「板塀に、焦げ痕があったので寄ってみたんだが……拙者、北町奉行所同心の佐川金太郎《さがわきんたろう》ってもんだ」

三十歳前後の、顔の長い同心である。

「今しがた、火盗改のお役人さんが来られまして……」

孔沢が応対をする。

「そうかい。それで、火盗改の旦那《だんな》はなんと言ってたい？」

「行きずりの犯行ということで、今夜から周辺一帯を警戒すると」

「そんなことを言ってたかい。どうも俺の見立てでは、ここの家が狙われたんじゃねえかと思ってるんだ。だが、本気で火をつけようとしてたようにはどうにも思えねえ」

「と申しますのは……？」

孔沢の問いに、佐川という同心が小さくうなずく。

「まずは、火をつけた個所だ。表通りから……」

同心の見立ては、孔沢の意見と同じものであった。

「る組の若衆がたまたま通りがかって、火を消してくれました」

「そうだろ。あの場所から火の手が上がればすぐに誰かが駆けつける。火消しの連中じゃなくても、天水桶が側にありゃあ消すことはできる。そんなんで、脅しか何かの警告とも思えるな。誰かから恨みを買うような、覚えはないかい？」

どうやら火盗改の同心とは、少し違う頭の持ち主のようだ。何かと根掘り葉掘り訊かれそうだ。そうなると、この先が動きづらくなる。ここは自分が応対しようと、寒山が足を一歩前に出した。

「まったく、ないですな」

上がり框《かまち》から、寒山が答えた。

「ずいぶんと瀟洒《しょうしゃ》な家だが、何をしているんで？」

「わしは隠居をしているが、この者は医者でな。針や灸の療治もやっておる。肩凝りや腰痛がございましたら、ぜひこの者に……」

「いや、拙者は大丈夫だ。それで、ご隠居さんは以前何をなされてたんで？」

「わしか。あまり他人《ひと》には言えんが、これでも武士であった。家督《かとく》を嫡男《ちゃくなん》に譲ってな、それでここに隠居所を設けた。この者は、わしに仕える御殿医……いや、

「今、御殿医と聞こえましたが、どこかのお大名か何かで？」

専属の医者でな……」

にわかに町方同心の口調が変わってきた。

「佐川とやら。ちょっと口が滑ったが、そのことは二度と口になさらんほうがよろしいですぞ。事情《わけ》があって隠居をしているが、北町奉行の依田《よだ》殿とは懇意《こんい》にしておるでな……と申せば、頭脳明晰な佐川殿なら分かってくれますな？」

威圧を込めた寒山の口調に、佐川の顔が引き締まった。

「いや、分かりました。このことは、拙者の胸にしまっておきますので、ご案じなく」

「ならば、よしなに願いたい。このことは、当方で片をつけますのでな」

町方同心にあちこち探られたくない。寒山は仕方なく北町奉行の名を出し、脅しにかけた。

町方同心佐川のほうも、武家が絡んでいる事件にはやたらと手出しをしない。

「それでは、拙者はこれにてご無礼つかまつりまする」

首を突っ込まないほうが得策とばかり、佐川は一礼を残して去っていった。

「火付けとあらば、火盗改も町奉行所も威信をかけて下手人を追うからな。これで、纏わりつくうるさい者はいなくなった」

どうしても、火付け犯を自らの手で暴きたいとの寒山の思いであった。

朝食を済ませ、寒山自ら花川戸の船宿に赴《おもむ》こうとしたが、二日酔いが覚めやらぬか頭が重い。

万が一のことがあってはまずいと、この日は出かけずに孔沢が寒山の側についた。代わりに右京ノ介と白兵衛が、花川戸の舟徳に赴くことにした。

「昨日は、当方の屋形舟をご利用いただきありがとうございました」

舟徳の主の、懇切丁寧な礼はあっても、舟帳を調べにきた侍は誰もいないという。となると、田ノ倉の船を襲った者たちの素性を探るのは、ここで途絶えることになる。

「ほかに探る手立てはないものかな？」

右京ノ介が、白兵衛に問うた。

「右京さんとあっしの二人で来て、何も分かりませんでしたと手ぶらでは、帰れませんやね」

「ああ、白兵衛の言うとおりだ」

糸口が見つからずどうしようかと悩みながら、右京ノ介と白兵衛は大川の流れをしばし佇《たたず》んで見やっていた。大川を上り下りする川舟を眺めながら、田ノ倉が乗った屋形船と襲撃する侍たちが乗った川舟の間に割って入ったときのことを、二人は思い出していた。

「あのとき、白兵衛に気づいたことはなかったか？」

「舟を揺するのに夢中でして……右京さんは？」

「拙者は、剣を振るうのに精一杯であった」

それ以外に思い出すことはない。

「そうだ、右京様……」

「何か、思い出したかい？」

「あの侍たちこんなことを言ってなかったですかね。『邪魔すりゃ、ただではすまんがの』って。これって、どこかの方言では？」

「いいところに気づいたな。さすが忍びの白兵衛だ」

「それと、もう一言ありましたぜ。『ええや、手出しは無用だけの』とかなんとか」

「ああ、たしかに言ってた。よく憶えていたな」

「感心していただくのはいいですが、右京さんにそんな訛《なま》りに覚えがありませんかね」

「それってのは尾張《おわり》、三河《みかわ》、美濃《みの》のほうで……たしか、にゃあにゃあ言う言葉だと聞いたことがあるぞ」

「でしたらそのあたりの大名家で、近ごろ不遇に遭《あ》ったところを調べたらよろしいんでないかと思いますが、どうでしょうかね？」

「孔沢先生と一緒にいたら、みんな利口になっていくような気がするな。田ノ倉に貶《おとし》められた大名家。それも尾張、三河、美濃あたりの藩主ってことか」

「しかし、それってどうやって調べたらよろしいでしょうかね？」

「そういえば、侍たちが乗ってきたあの川舟は、下流のほうから来たな。それと、予《あらかじ》め田ノ倉たちの行動を知っていたってことだ。そこに何か探る手立てがありそうだな」

　ここまで思いつけば、手ぶらで帰っても餓鬼《がき》の遣いにはならないだろうと、右京ノ介と白兵衛は寒月庵に戻ることにした。

五

寒月庵に戻った二人は、さっそく思い浮かべたことを寒山に告げた。

「なるほど、侍たちの訛りか。それで尾張とか三河、美濃の大名……」

そのとき寒山は、ちょうど孔沢から頭痛を取り除く針を打ってもらっている最中であった。

「孔沢に、心当たりはないかの？」

「尾張と三河と美濃を合わせますと、かなりの藩がございますな。思い浮かべますと三河だけでも吉田《よしだ》、岡崎《おかざき》、刈谷《かりや》……」

「全部合わせると、二十以上もあるな」

ここですべての藩名を聞いても埒《らち》が明かないと、寒山が孔沢の語りを止めた。

「そういえば、ご隠居様……」

口にするのはお峰である。

「襲ったお侍さんたちが乗っていた舟の船頭さん……」

「ああ、決死の覚悟を思わせたな。それが、どうした？」

「中間らしき船頭さんが着ていた半纏に、家紋がありましたよね」

「お峰、よく思い出したな」

お峰の言葉に反応したのは孔沢であった。寒山は船底に隠れ、右京ノ介と白兵衛は襲撃に立ち向かい、相手をまじまじと見る余裕はなかった。船頭にまで気を向けていたのはお峰と孔沢であった。

「孔沢先生もご存じでしたか。あの家紋はなんていうのかしら？」

「剣片喰《けんかたばみ》って紋だな」

「けんかたばみ……」

お峰が憶え込むように、小さな声で返した。

「尾張、美濃あたりで剣片喰の紋を使っている大名家を探せばよいのだな。ならば、すぐに探すことができるの」

「そのとおりでございますな、ご隠居」

寒山の言葉に、右京ノ介が相槌《あいづち》を打った。探りが無駄でなかったと、白兵衛も安堵している表情だった。

「その大名家も、おそらく田ノ倉に煮え湯を呑まされたのであろう。わしらに邪魔立てされて、よほど悔《くや》しかったのであろうな」

気持ちは分かると、寒山の殊勝《しゅしょう》なもの言いであった。

「ですが、ご隠居……」

「なんだ、右京?」

「よく考えますと、その大名の家中の者が、どうしてこの寒月庵を知ったのでございましょうや?　ここを突き止める手段としては、やはり舟徳から聞き込む以外にないものと」

「脅されでもして、口を封じられていたのではないのか?」

「主と話しましたが、まったくそんな様子はうかがえませんでした」

寒山の問いに、白兵衛が答えた。

「となると、火付けの下手人はその手の者ではないということか。火盗改が言うように、行きずりの者の犯行ってことになるな」

腑《ふ》に落ちないと思うも、寒山の考えはそのほうに向いた。

「だとしたら、火付けの下手人捜しは火盗改に任せておけばよいな。わしと同じ考え、いやはるかに田ノ倉に恨みを持つ大名が、別にいたってことだ」

寒山はこのとき思っていた。

「もうこの件は、これで仕舞いとしよう。その大名を探っても、詮《せん》のないことかもしれん」

「そうなりますとご隠居、田ノ倉を陥れるに、先を越されますぞ」

右京ノ介の諫言《かんげん》であった。

「ならば、それでよいではないか。あの侍たちの覚悟のほどを見ただろ。あれが、決死の覚悟というものだ。考えてみたら、わしはあれほどの覚悟は到底持ち合わせておらんようだ」

寒山の言葉に、反論できる者はいない。

「邪魔立てしなければよかったわ」

苦悶《くもん》の顔を見せる寒山の後悔に、誰も言葉を載せようとはしない。いや、できないでいる。

大川での出来事は、いっとき五人の胸の中に納まることとなった。


それから三日後、火盗改の手で火付けの下手人が捕らえられたという報せが、差口奉公によって寒月庵にもたらされた。

「下手人は捕らえやしたんで、これからゆっくり眠れますぜ」

と言って、寅八は寒月庵から去っていった。

だが、寒山には気持ちの奥で引っかかるものがあった。

「本当に、その者が犯したのかな？」

「と申しますと、ご隠居……」

傍らにいたのは右京ノ介である。差口の話を寒山と共に聞いていた。

「わしの心の隅には、まだ火付けの下手人はもしやというのが燻《くすぶ》っている」

「ご隠居は、まだ大名家のことを……？」

「いや、もう探し出そうとは思ってないが、もしその手の者の犯行とあらば、火盗改に捕らえられた者は無実の罪を背負うことになる」

「冤罪《えんざい》ということですか？」

「そうなれば、話は別だ。だとすると、これはこのままにしておけん。火盗改の取調べは、拷問《ごうもん》のごとく厳しいものであるそうだからな」

「ですが、その者が下手人ということも……」

「だとしても、こっちに別の疑いがある以上、捨ててはおけんことだ」

「さすればご隠居は、どうなさろうと……？」

「やはり、真の下手人をこちらで見つけ出すしか手はないだろう。火盗改のところに行って、その人は下手人ではありませんと訴えたって、無実である根拠がない限り解き放しはしない。無実となる確たる証しか真の下手人を捕らえて、こっちからもって行く以外にないのだ」

「するとご隠居は……？」

「やはり、あの大名家を探り出すのよ。手がかりは、それしかないだろう」

関わりのない者が一人、無実の罪で貶められようとしている。寒山は、その者を救うために四人を居間に集めた。

「……ということで、わしは火盗改の手からその者を救おうと思っておる」

経緯《いきさつ》を孔沢、白兵衛、そしてお峰に向けて語った。

「辛《つら》いだろうが、しばらくその者に我慢してもらわなくてはならない。そんなんで、極力早く火付けの下手人を捜し出すことにする」

「かしこまりました」

寒山の決意に、四人の同意が被さった。そのとき日は西に傾き、夕七ツを報せる鐘の音が聞こえてくるも、すぐさま動き出した。

白兵衛とお峰が、まずは大名家がどこか知るために寒月庵を飛び出して行った。

そして孔沢は、駿河台《するがだい》にあるという火付盗賊改方の役所へと向かった。

孔沢が、役所の門前に立つ門番に声をかける。

「こちらに同心の、矢吹様はおられますでしょうか？」

憶えている同心の名を出し、孔沢は来訪の理由を語った。

「左様であったか。少し、お待ち願いたい」

門番が役所内へと入り、すぐに見覚えのある同心を連れてきた。

「おや、そなたは寒月庵とかいうところの……手下の者から聞いたか？」

「それで、うかがいました。下手人とされた男は、白状しましたので？」

「それがなかなかしぶとくてな、一切知らぬ存ぜぬと白を切りやがる」

怒り口調で、矢吹という同心が口にする。

「もっとも、本格的な取調べは明日からになるがな。算盤板《そろばんいた》に座らせても、必ず吐かせてやる」

算盤板とは痛め吟味《ぎんみ》の一種で、三角に切った木材を並べその上に正座をさせ、さらに膝に重さ十三貫もある石板を載せていく。別名『石抱き』ともいわれ、大概の者は、三枚も石を載せると落ちるという。

「まあ、石抱きは最後の手段だがな……」

いずれにしても、過酷な取調べが無実と思われる男に待っている。

——早く、なんとかしなければ……。

どうしようもないもどかしさに、孔沢の気持ちの中で焦燥《しょうそう》が募る。

心が割れるほどの痛みを感じながら、孔沢は寒月庵へと戻った。

同心の矢吹から聞いた話を、孔沢は寒山に告げた。傍らで、右京も一緒に話を聞いている。

「左様か。捕らわれた男は、やっていないと認めていないのだな」

「今のところは否認していますが、明日から厳しい取調べに入るそうです。それで、どこまで耐えられますやら」

「拷問で、やってもいないことを白状させられたら、獄門は免《まぬが》れないだろう」

「火付けは、それほど罪が重いものと」

寒山の言葉に、右京ノ介が被せた。

「それで、捕らえられた男の素性を訊いてきたか?」

「端《はな》は教えてもらえなかったのですが、矢吹という同心の手に二朱握らせたところ……」

「どこの誰だと?」

寒山が、ひと膝乗り出して訊いた。

「神田金沢町《かなざわちょう》に住む、板塀大工の三五郎《さんごろう》って男だそうで。矢吹の話ですと、三五郎はこのところ仕事にあぶれ、自分で板塀を燃やせばと……」

「そんな理由で、他人の家に火をつける奴がどこにいる」

孔沢の話の途中を、憤《いきどお》りをぶつけて寒山は止めた。

「それが、けっこうおりますそうで」

「だとしても、この場合はそうではなかろう。火盗改が勝手にそういう筋立てを作ったのだろうよ。それで、その三五郎って男に家族はいないのか？」

「八歳になる息子が一人おりますようで。それと、三十二になるご新造と……」

「孔沢、これから出かけるぞ」

「かしこまりました」

寒山の行くところは分かっていると、孔沢は薬籠を手にして立ち上がった。

「これから孔沢と出てくるが、右京はここにいてくれ。それで、白兵衛とお峰が戻ったら、右京に行ってもらいたいところがある」

寒山は、右京ノ介に耳打ちしてから立ち上がった。

「心得ました」

右京ノ介の返事を聞いた寒山は、藜《あかざ》の杖を握るとトンと激しく床を突いた。どうにもならない憤りが、寒山の仕草に表れていた。

六

神田金沢町に着いたとき、ちょうど暮六ツの鐘が鳴るころとなっていた。

人伝《ひとづて》に三五郎の住まいを訊いて、伊兵衛《いへえ》長屋へと寒山と孔沢は足を踏み入れた。

四軒の世帯が一棟で暮らす、棟割長屋である。どぶ板を挟み、長屋が二棟向かい合って建つ。裏木戸に入ると、通りがかった男に三五郎の住まいを訊ねた。

油障子に『大工』とだけ書かれた戸口の前に立ち、寒山は一呼吸置いた。すでにあたりは薄暗くなって、中の行灯《あんどん》の明かりが油障子に黄色い色をもたらせている。

寒山は、おもむろに障子戸を開けた。

「ごめんくださいな」

「どちらさまで……？」

中から返る女の声に、力のなさを感じる。亭主を火盗改に召し取られた落胆から、気の臥《ふ》せりを感じさせた。

「手前は、下谷車坂に住む寒山という者で、こちらは医者の孔沢という」

「はて、お医者さまが何用で……？」

「こちらは、三五郎さんの住まいと聞きまして……」

「おっかあ」

まだ親に甘えたい年ごろである八歳と聞く男の子が、母親の背中に纏わりつついた。父親の災難をすでに聞かされていると見られる。

「亭主は今……まだ、戻ってはおりませんで」

火盗改に捕らえられたことを隠したいと、そんな心根が新造の言葉からうかがえる。

「すでに火盗改のほうから、報せがきておりますな？」

「えっ！」

新造の、驚く顔が向いた。「どうしてそれを……？」と、言葉にしなくても表情に書いてある。

「実は、何者かによって塀に火をつけられたのは手前の家でしてな。それで、下手人はこちらの三五郎さんと……」

「うちの人は、絶対にそんなことはやっておりません。そんな大それたことなど、できる人ではないです」

涙ながらに、新造が訴える。

「それは分かっておる」

「でしたら、なぜにそのことを言っていただけないのですか？」

強い口調で、新造が問うた。

「こちらではそう思っても、無実を明かす証しがない。手前どもでも、真の下手人が誰だか分からんのだ。ここに来たのは、三五郎さんが本当に下手人かどうか確かめにだ。ご新造さんと坊の様子を見たら、三五郎さんは違うと確信が持てた」

「それでしたら、亭主を助けてください。お願いします」

畳に手をつき、嘆願する。

「おっかあ、なにしてんだ？」

男の子が、うずくまる母親の背中を小さな手の平でなでている。

「そのつもりだ。絶対に真の下手人を暴き出し、三五郎さんを坊のもとに帰してやる。だから、心を強くもってしばらく辛抱してもらいたい」

「…………」

無言で泣き崩れる新造に、どれだけ言葉が通じたか分からない。

「坊は男だよな」

「うん」

気丈《きじょう》にも、男の子の声が返った。

「名はなんというのだ?」

「三吉《さんきち》」

「そうか、三吉というのか、いい子だ。おとっつぁんを必ず三吉のもとに帰すから、それまでおっかさんのことを頼むぞ」

「うん、分かった」

「よし。おっかさんの名はなんというのだ?」

「昌《まさ》といいます。日が二つ重なった字です」

三五郎の女房お昌が、自ら名を語った。三吉のしっかりした態度に、自分も見習わなくてはと思ったのだろう。

「お昌さんか。三五郎さんが戻るまで、辛抱してくれ」

「分かりました。おとっつぁんが帰るまで、三吉待っていようね」

「うん」

母親が気を持ち直せば、子供も元気になる。

孔沢が寒山の背後に立ち、そのやり取りの一部始終を黙って見やっている。

――これが、元は大名だったお人だろうか。

改めて寒山の心の深さを知り、孔沢は小さく洟《はな》をすすった。


寒月庵では右京ノ介と白兵衛、そしてお峰が二人の帰りを待っていた。

「三五郎の家では泣かされたぞ」

三人を前に、寒山が開口一番で言った。

「それで、田ノ倉を襲った家中がどこか分かったか？」

いつにない、強い語調で寒山が問うた。

「はい。ですが大名家ではなく……正確に申しますと、元大名家で今は五千石の旗本の身分です」

お峰が、ひと膝乗り出して答えた。

「大名の身分を剝奪《はくだつ》されたということか？」

「そのようで。詳しいことは分かりませんが、二十五年ほど前に改易《かいえき》となりましたが、旗本となってお家の存続は許されたそうです」

寒山が家督を継いだのは二十三年前で、そのころはまだ若殿と呼ばれていた時期である。そのころはのんびりとした性格で、他家の改易など聞き覚えもなかった。

「なんだか、混み入った話のようだの。それで、元大名というのはどこであった？」

「美濃は高上《たかがみ》藩の山森《やまもり》家でございました。尾張、三河、美濃でもって剣片喰のご紋は山森家だけでありました」

白兵衛とお峰が、交互に答える。

「そうか。それにしても、なぜに改易になったのかの？」

「申しわけございません」

「そこまではまだ……」

お峰と白兵衛の、頭が下がった。

「とりあえず、どこの家か知れただけでも充分だ」

二人を咎めることなく、寒山は口にする。

「なんだか、その改易というのが、この度の件に関わっていそうだな」

「白兵衛さんは、そのことをどちらで調べました？」

孔沢が、白兵衛に問うた。

「尾張は犬山《いぬやま》藩の成瀬《なるせ》家に、自分と同じ『草』として飼われていた仲間がいましてな、その者を頼ったってわけです」

「おい、白兵衛。自分のことを草などと言うのではないぞ」

これは、寒山によってたしなめられる。草という呼び方は、忍びの者の、蔑まされた低俗な身分を意味する。

「申しわけございません」

「別に、謝ることでもない。それで、白兵衛の仲間というのにすぐに会えるか？」

「はい。それが、近くに住んでおりまして……」

「どこだ？」

白兵衛の話は前置きが長いと、寒山は苛《いら》つく口調で訊いた。

「成瀬家から暇《いとま》をもらい、今は湯島天神の坂下《さかした》に住んでます」

「今、そこにいるか？」

「ええ。あっしらが行ったときはいましたから。ですが、博奕《ばくち》に目がない男でして、この刻にはよく賭場《とば》に……」

「白兵衛、その仲間のところに案内しろ」

「これからですかい？」

宵《よい》五ツの鐘が鳴り出しそうな刻である。

「今行かないで、いつ行く？　いいから、案内しろ」

大江戸の夜は早い。明日の朝に備えようと、そろそろ寝静まる刻限である。

提灯《ちょうちん》一つで足元を照らし、寒山は白兵衛に案内させ、湯島坂下町へと向かった。

寒月庵からは、およそ五町と近い。五ツを報せる鐘が鳴る前に着いた。

裏長屋の一角に、白兵衛の仲間が住んでいる。薄ぼんやりと中から灯《とも》る行灯の明かりに「いますぜ」と、白兵衛がうなずいた。

「仲間の名は、なんと言う？」

「熊八《くまはち》っていいます」

「ならば、白兵衛……」

「へい」

白兵衛が、障子戸の外から声をかける。

「熊八さん、いるかい？」

「誰で？」

「さっき来た、白兵衛だが……」

「ああ、白兵衛さんか。いいから、入んなよ」

やり取りからして、かなり親しい間柄とうかがえる。かなり突っ込んだことが聞けそうだと、寒山は期待した。

「今夜は行かねえのか？」

白兵衛が、賽壺《さいつぼ》を振る仕草をしながら訊いた。

「なんだか、寺社奉行の手入れがありそうだってんで、今夜のご開帳は取り止めになったそうだ」

寺の庫裏《くり》か本堂で開帳される賭場らしい。寺社奉行と聞いて、寒山の背中がいくぶん伸びた。

「ところで……」

熊八の目が、三和土《たたき》に立つ寒山に向いている。

「このお方は、今は俺のご主人だ」

「すると、針療治のお師匠さんで？」

どうやら寒山を、鍼灸師の隠居として話をしているらしい。

「寒山です、よしなに」

「あっしは、肩なんぞ凝ってねえですが」

針療治で来たものと、熊八は思ったようだ。

「ちょっと、訊きたいことがございましてな。それで、白兵衛に案内してもらったわけです。夜分に、すみませんな」

「そいつはかまわねえけど……まあ、そんなところにつっ立ってねえで上がってくだせい」

六畳の一間だが、独り住まいにはいくぶん贅沢である。

「茶は出せねえけど……それで、訊きたいことってのはなんでやす？」

「白兵衛から、美濃は高上藩の山森家のことを聞きましてな」

「そのことですかい。なんで今さら山森家のことを？」

「ちょっと、事情がありましてな」

「どんな……？」

熊八の問いに、寒山は白兵衛の顔をうかがった。すると、白兵衛に小さくうなずく仕草があった。語っても大丈夫だとの意味が通じる。口が固い、忍びの者同士の信頼であった。

「実は先だって、当家の塀が燃やされましてな。幸い小火ですんだが、火付けではないかと火盗改の探索が入った」

「そいつは、初耳で」

「さっきは話さなかったが、本当のことで」

ふーんと鼻で返事をし、熊八は寒山の語りに耳を傾けている。

「それで、その数日前のことであったが……」

寒山が、大川での出来事を語った。

「それでしたら、白兵衛さんに話を聞いてます」

「あの日の夕方、熊八さんのところに来てそのことを話したんですわ」

風呂の沸かしを右京ノ介に托《たく》し、白兵衛が来ていたのは熊八の元であった。

「尾張方面の言葉に聞こえましたので、もしやと思い……」

白兵衛は、尾張犬山にいた熊八を訪ねたのだという。

「あのときの、白兵衛さんの話は漠然《ばくぜん》としてましして。ですが、先ほど娘さんから剣片喰の家紋に覚えがないかと訊かれ、それで山森家のことを思い出したってわけでさあ」

「今しがた白兵衛から聞いたが、熊八さんはずいぶんと山森家のことに詳しいようで」

「ええ。あっしの博奕仲間に山森家の中間をしていた者がいますんで。参勤交代で槍を担いでいたが、お役御免となった愚痴《ぐち》を聞いたことがありましてな。もしかしたら、その遺恨の相手が屋形船に乗っていたんではねえかと」

「屋形船を襲った者たちが山森家の家来たちだと、熊八さんは思っておいでで?」

「そりゃ、あっしなんかに分かるわけがございませんや。ですが、塀に火をつけたのは、襲撃を邪魔された逆恨みではないかとも考えられますぜ」

「なるほど」

「だが、ある男が火付けの下手人として火盗改に捕まってな。その男の無実を証すためにも、真の下手人を捜さなくてはならんので、夜分かまわず来たってわけだ」

仲間の話のほうが、説得力がある。白兵衛の語りに、寒山は大きくうなずいた。

「それで、教えてもらいたいのだが……」

「てめえで分かることでしたらなんなりと。ですが、ご隠居さんはただの鍼灸師ではねえですね。いったい何者なんです?」

熊八の問いに、寒山の顔が小さく緩《ゆる》んだ。

「さすが、白兵衛の仲間だ。勘が鋭い」

素性を明かさなければ、熊八からは何も聞けないだろう。そう判断した寒山は、打ち明けることにした。

「わしは、以前は……」

しかし、なぜに町屋に下ったかの理由までは省いている。

「左様でしたかい、お見それいたしました」

予測はついていたのだろう、熊八にたいした驚きはない。

「それで、ご隠居さんが知りたいこととといいますのは？」

熊八の、殿様ではなくご隠居といった呼び方に、信用がおけると寒山は思った。

「美濃は高上藩の山森家は、なぜに改易になったので？」

寒山の問いは、まずはここからはじまった。そして、熊八のところに四半刻ほどいて、寒山と白兵衛は寒月庵へと戻った。

七

飛騨《ひだ》の森林開発をめぐって幕府と対立した山森家先代高親《たかちか》が、反逆を理由に出羽《でわ》の地に移封となったのが三十年ほど前。その三年後に、高上藩に戻ったものの、農民一揆《いっき》が頻発《ひんぱつ》し、藩政は手に負えないほど疲弊《ひへい》の一途《いっと》を辿《たど》った。そんな折、領地を接する越前白山《えちぜんはくさん》神社領をめぐる紛争が勃発《ぼっぱつ》し、幕府も介入せざるをえなくなり、二十五年前に山森家の改易という手段で解決を見た。大名の身分は剝奪《はくだつ》されたものの、山森家は旗本として今も存在する。

「熊八から聞いた話は、おおよそこんなところだ。もう二十年以上も前の古い話なのと、熊八も元の中間から聞いた話なのでそれ以上詳しいことは知れなかった」

寒山が、右京ノ介と孔沢、そしてお峰に向けて語った。

「それが、どう田ノ倉と関わりがあるのですか？」

右京ノ介の問いであった。

「いや、なんとも分からん。まったく雲をつかむような話だ。だが、どこかに何かの接点があるはずだ。そこが見つかりさえすれば……」

寒山は言葉を途中で止めて、考える仕草となった。

「ご隠居……」

声をかけたのは、孔沢であった。

「どうした、孔沢？」

「明日にでも、山森家を訪れたらいかがでしょう」

孔沢の提案に、寒山は小さくうなずいた。

「わしも、それを考えていた。だが、まともに行っておいそれと会ってくれるかどうか。もしかしたら、その場で斬《き》り殺されるかもしれんぞ」

「まさか、そこまでは。ところで、山森家と当家にとって、田ノ倉は共通の敵。敵の敵は味方という格言もあります。ここは、腹を割って山森家当主と話し合えばいかがかと」

「しかし、相手はこっちを敵と見ているぞ」

孔沢の案に、寒山は首を振った。

「敵の味方は敵ってことだ。まずは、この誤解をどうやって解くかだ」

そこに、寒山のためらいがあった。

「ですが、早急に事の真相を知るには、今はこの手しかないと思われます。たしかに探る手はずはいろいろとあるでしょうが、時ばかりを要することになります。三五郎さんを、いっときも早く三吉の元に帰して……」

「分かった孔沢、みなまで言うな。わしは、肝心なことを忘れておった。ある意味、三五郎が火盗改に捕らえられたのはこっちのせいでもある。その責は、どうしても負わなければいかん」

孔沢の提言に、寒山は幼い三吉の顔を思い浮かべ、自らの気持ちを奮い立たせた。

「あの三吉を、父親《ておや》なしにするわけにはいかん」

「そのとおりでございます」

相槌を打つように、孔沢が言葉を載せた。この決意が右京ノ介、白兵衛、お峰に伝わる。

「あすの朝、さっそく右京と共に、山森家へ行ってくる。白兵衛とお峰は留守番。孔沢はお昌と三吉のところに行ってくれ」

寒山は、右京ノ介から手渡された袱紗《ふくさ》の包みを孔沢に托した。中に十両の小判が入っている。右京ノ介を井川本家に遣わし、無心してきたものだ。

「三吉に、飴玉《あめだま》でも買ってあげなさいと言ってお昌に渡してくれ」

飴玉を買うに十両とは、かなり大きな額だ。

「かしこまりました」

孔沢が一言返し、袱紗を懐にしまった。

夜討ち朝駆けという言葉がある。

寒山は、山森家現当主に会うため、朝の五ツに寒月庵を出た。山森家の拝領屋敷は、浜町の武家地の一角にあると聞いている。下谷車坂からは一里以上も離れている。寒山の足では一刻近くかかりそうだ。それと、急ぐ都合もある。

「神田川に出て、舟に乗ったらいかがですか？」

孔沢の提言に、そうしようということになった。神田川から大川に出て、新大橋を潜り浜町堀の合流に架かる、川口橋《かわぐちばし》あたりで舟から下りれば近いと熊八から聞いている。いやに詳しいなと、そのとき寒山は思ったが口にすることはなかった。

浜町堀の川口橋には、半刻足らずで着いた。大名屋敷と大身旗本の屋敷が入り混じって塀を並べる地域である。門の造りと長屋塀の連なり、そして敷地の広さからして大名家か旗本の屋敷かが分かる。

武家地に設けられた辻番所で、山森家の在《あ》り処《か》を詳しく聞いた。

「山森様のお屋敷でしたらこの道をまっすぐ一町ほど行って右に曲がり……」

歩くとまだ、三町ほどあるらしい。

「お隣が美濃は高上藩の、青山《あおやま》様のお屋敷ですからよく分かります」

辻番所の番人が、懇切丁寧すぎるほど教えてくれた。美濃高上藩と聞いて、寒山と右京ノ介は顔を見合わせた。ただし、藩主の名が違っている。

朝も五ツ半を過ぎると、朝駆けとはいえない。

高上藩青山家の上屋敷には二人の門番が立つ。旗本山森家の屋敷前に立つ門番はいない。屋敷の敷地も青山家は五千坪ほどあるが、山森家は千五百坪に満たない。囲む塀の長さはかなり異なり、その重厚さも貧弱に見える。

青山家の門番に訊いて、山森家の屋敷の前に立つ。

「大身旗本なのに門番がいないとは、どういうことなのかな？」

「門番がいなければ、用件が伝わりませんな」

長屋門は固く閉じられ、当主の出入り以外は開くことがない。

「脇の潜り戸に、紐《ひも》が垂れておるぞ。これを引っ張れば、誰か出てくるかもしれん」

右京ノ介が紐を二、三度引いて中からの反応を待った。

しばらくすると、小袖に平袴を穿いた姿の侍が一人出てきた。屋敷の外での、応対となった。

「当家に、何用でござるか？」

「ご当主の、山森高成《たかしげ》様に目通りをお願いしたい」

山森高成の名も、熊八から聞いて知っている。

「どちらさまでござるかな？」

「今は隠居の身で寒山と名乗るが、元は亀岡藩主井川友介と申す」

ここで身分を偽ることはできない。

「井川様……しばらくお待ちを……」

慌てた様子で、家来は屋敷内へと入っていった。


取り次ぎを待つ間、寒山はふと思うことがあった。

「右京はおかしいと思わないか？」

「何をです？」

「わしらは、あの屋形船を襲ったのはこの山森家と見ている。だが、この屋敷は思ったよりも静かだ」

「ご隠居は、何をおっしゃりたいので？」

「襲われたほうは、幕府の重鎮《じゅうちん》だ。となると、威信をかけても襲撃した相手が誰かを探るのではないのか？」

「そういえばこれまで、ぜんぜんそんな気配もないですね」

首を傾げて、右京ノ介が考える。

「そのへんに何か事情《わけ》があると思うが……」

「そういえばあのとき、拙者たちが相手をしている間に、田ノ倉たちが乗った船は、とっとと逃げていってしまいました」

「そうか。逆に、あの船遊びを知られてはまずいことでもあるのかもしれん」

寒山が、口にしたところで取り次ぎの家来が外に出てきた。

「主が会うと言っております。こちらに……」

家来の案内で、屋敷内へと入る。注意を怠らずとも、襲撃される気配は、今のところない。

絵模様の、煌《きら》びやかな襖《ふすま》は客の間と見える。

「こちらで、お待ちくだされ」

四方が襖で囲まれた、十畳ほどの部屋である。その中ほどで、寒山と右京ノ介は、山森高成が来るのを待った。

「どうだ、襖の向こう側は？」

「何も気配はありません」

取り越し苦労であろうとも、用心だけはしなくてはならない。もし、家来たちに取り囲まれることがあろうとも、そのときの対処は練ってあった。

「お待たせしました」

声がかかると同時に、襖が開いた。すると、二十歳《はたち》をいくぶん過ぎたかと思しき若い武士が一人入ってきた。意外と若い当主に、寒山は驚きの目を向けた。絹織りの羽織を纏っているが、さほど派手な身形ではない。むしろ、大身旗本としては地味なほうである。若くして着飾らない高成に、寒山は好感すらもった。

「山森高成でござる。して、元井川家の殿が何用でござりますか？」

高成の口調に、寒山は小さく首を傾げた。どうやらこの当主は、何も知らぬらしい。

「高成様は、ご存じないのですか？」

「何をでござる？」

寒山は、経緯を最初から語ることにした。

「かれこれ五日ほど前の大川でのこと……」

まずは、襲撃事件のことを語った。

「はて、まったく覚えのないこと。初耳でござる」

山森高成の所作、面相からして惚けているようには見えない。

「中間らしき船頭が着ていた半纏に、剣片喰の家紋が見えました。それは、御当家の御家紋では……？」

高成の纏う羽織の胸に、剣片喰の家紋がついている。それを知りつつ、寒山が訊いた。

「たしかに当家の紋は剣片喰でございますが。もしそれが、当家の者たちであったら、身共の耳に入るはず。ん……もしや？」

高成の顔色が、かすかに変化を帯びた。そして変化は、襖の外にもあった。

「何か、外がお騒がしいようですが？」

寒山のうしろに控える右京ノ介が、声に出して言った。と同時に、三方の襖が一斉に開いた。一方が十人、都合三十人ほどの侍たちが今にも抜刀する構えで、部屋を取り囲んでいた。

「殿、この者たちを生かして帰してはなりませんぞ！」

声を出した侍に、右京ノ介は覚えがあった。

「おや、あのときの……」

右京ノ介は、刀の棟で脇腹を打った侍の顔を覚えていた。相手も、右京ノ介の顔を覚えていたようだ。

「千載一遇の機会を、こやつらによって邪魔をされました。おそらくこの者たちは……」

「ちょっと待て、河合《かわい》。おぬしは、いったい何を言っておるのだ？」

家来の話を止めたのは、高成であった。

「殿。この者たちは、その昔山森家を陥れた寺社奉行白川家の手の者でござる」

「ん……？」

白川家と聞いて、寒山の眉間《みけん》に縦皺《たてじわ》が立った。だが、高成はそれに気づいていない。

「河合だけを残して、ほかの者は下がれ！」

怒鳴り口調で高成が命じると、囲っていた家来たちは引き下がっていった。

「ご無礼をいたしました」

寒山に詫《わ》びる高成に、他意はまったくなさそうだ。

「それはよろしいですが……」

一人だけ残った四十代も半ばに見える河合という家来に目を向けながら、寒山が言った。

「この者は当家の番頭……大名でありましたら、江戸留守居役といったところでしょうか」

山森家の重鎮であった。

「いったいどういうことだ、河合。身共にも分かるように聞かせてくれ」

怒り口調ではなく、高成が河合に命じた。

「殿、申しわけございませんでした」

畳に平伏する河合に訛りはない。そして、体を起こすと脇差を抜いた。寒山を襲うと思いきや、鋒《きつさき》が河合自らの腹に向く。

「何をなさる！」

一声発して止めたのは、右京ノ介であった。脇差を握る河合の手首に、手刀を当てて脇差を落とした。

「死ぬのはいつでもできる。すべてを語ってから、あの世に行け」

肩を落とし、うな垂れている河合に、高成が諭《さと》すような口調を向けた。

八

山森家でそんなやり取りがなされているちょうどそのころ、下谷車坂の寒月庵を二人の客が訪れていた。

二人とも商人の形《なり》で、齢も四十歳半ばあたりで同じほどである。異なるのは、二人の体格である。一人はでっぷりと太り、頬が弛《ゆる》んだいかにもお大尽《だいじん》といった風情である。もう一人は痩身で頬骨が浮き出て、見るからに貧相といった按配《あんばい》だ。

だが二人とも、着ている物は高級といわれる紬織《つむぎお》りである。

客とは、孔沢と白兵衛が応対する。お峰は、茶を淹《い》れようと勝手場にいた。

孔沢と白兵衛は二人の顔に見覚えがあり、一瞬驚く顔を見合わせたが、すぐに平常へと戻した。

見覚えがあるというのは、先だって大川の屋形船に、田ノ倉と共に乗っていた四人の商人のうちの二人であったからだ。訝しいのは、なぜにそんな男たちが、寒月庵を訪れてきたかである。そんな表情が、孔沢と白兵衛の顔に表れている。

「実は、先日大川で助けていただき、それでお願いがあってまいりました」

痩せぎすの男が口にする。

「手前、日本橋十軒店《じっけんだな》は金高屋《かねたかや》の主で長三衛門《ちょうざえもん》と申します。この者は番頭の市兵衛《いちべえ》であります」

でっぷりと肥《こ》えたほうが奉公人で、痩せぎすで貧相なほうが主人であった。話は、頬がそげた長三衛門の口から語られる。

「その折は、徒党の襲撃から救っていただきありがとう存じます」

「礼はけっこうですから。それで、お願いごととは？」

問いは孔沢から発せられる。白兵衛は、じっと相手を見て面相の変化を読み取っている。どこか不穏な素振りが一つでもあれば、容赦おかないと。だが、表情は、気持ちが読み取られないようにと穏やかに装っている。

「あなた様方の腕を見込んで、当方の警護をしてもらいたいと」

田ノ倉恒行と、関わりがある商人である。長三衛門の答に下心があるかと、孔沢と白兵衛が色めき立った。

「ほう、警護ですか。ですが、なぜに当家などに？」

心根を見抜かれてはならないと、孔沢は平常心を装っている。思いもよらぬ申し出だが、孔沢も白兵衛も迂闊《うかつ》には答えることができない。

「あれだけの徒党を、一瞬でやっつけた腕は尋常《じんじょう》ではないとお見受けしました」

長三衛門の話に、白兵衛はどうだと言わんばかりの表情となった。それにかまわず、孔沢が問う。

「なぜに、こちらの場所を知りなされました？」

「手前が、おたく様たちが乗っていた船の宿を憶えておりまして。昨日、花川戸を訪れ……」

答えたのは、番頭の市兵衛であった。

「ああ、それででしたか」

孔沢も、たしかにと得心をする。

「ですが、あれから日が経っているのに、なぜに今ごろ？」

「おたく様に警護を依頼するかどうか、おとといまで迷っていたのです。それで、やはりということになって。こちらにいる力自慢の方と、もうお一人剣の達人のお方にぜひお力添えを願いたいと。それで、あのお侍様は……？」

言いながら長三衛門は、あたりを見回す。ここで、孔沢は方便を思いついた。

「あのお方でしたら、手前の友人でして。日和がよかったもので、一緒に船遊びを楽しんでいたところでした」

「左様でしたか。こちらのお方とばかり思ってました。でしたら、そのご友人にお頼みできないものかと？」

「ただ頼むだけなら簡単ですが、それも事と次第によるでしょうな。白兵衛さんはどうです？」

「あっしも、何を頼まれるか分からないうちは、返答はできませんな」

「ごもっともでございます。それでは市兵衛……」

「かしこまりました」

長三衛門から言われ、市兵衛は懐から袱紗の包みを取り出し、膝の前に置いた。包みを解くと重なった小判であった。

「まずは二十両ございます。やっていただきたいのは、半日で済むたった一回こっきりのお仕事です」

「一回こっきりの仕事に、二十両はないでしょう。あまりにも、大金すぎる。縄を打たれるような、変な仕事でしたらお断りしますぜ」

白兵衛の返事は、当然なことである。

「けして、やましい仕事ではございません。ですが、当方にとっては大事なことでございます」

仕事の大事さが、二十両という対価となって現れているとの言い分だ。

「いったい、何をしますので？」

「実は手前ども、神社仏閣が勧進元《かんじんもと》の富くじ興行を任されている者でして。ええ、富札を作ることから販売、そして世間への喧伝広目《けんでんひろめ》までを、一切合財引き受けております。いつもでしたら勧進元が富くじの売り上げを引き取りに来るのですが、このたびはこちらから運ばなくてはなりません。二万両もの金を運ぶのに、まったく知らない人には頼めませんので」

「あっしらも、まったく知らない人たちだと思うけど……」

白兵衛が、小首を傾げて言った。

「いやいや。一瞬でしたが、あの大川での出会いは、万日の付き合いにも匹敵《ひってき》します。このことを頼めるのは、あなた様方以外にないと信じてどこがいけないでしょうや」

かなり大仰《おおぎょう》な言葉であるが、長三衛門の依頼は的を射ていると、手前味噌にも孔沢は思った。しかし、即答できる立場ではない。それができるのは、右京ノ介と白兵衛である。

「その二万両ってのを、どこからどこまで運ぶので?」

「今は申せませんが、手前の店からあるところまでということで」

――あるところってのは、田ノ倉の屋敷か?

すぐに思い浮かぶのは、やはりそこである。富くじの売り上げにかこつけて、賄賂《わいろ》の差し出しだと孔沢の思いはいたっている。ふと白兵衛を見ると、小さくうなずきが返った。孔沢と同じ考えを白兵衛も持っていたようだ。

二万両の賄賂の引き渡しに、自分たちが携《たずさ》わる。田ノ倉を陥れるに、これ以上の絶好の機会はないと。

「それで、いつうかがったらよろしいので？」

白兵衛の問いは、長三衛門を喜ばすものとなった。

「引き受けていただけますので？」

「あっしはいいけど、右京さんがどうだか」

訊かなくても右京ノ介の返事は分かっている。不自然な答にならぬよう、白兵衛は気を遣った。

「よろしければ、あなた様のほうから訊いていただけますか？」

「かまわねえけど。それで、返事はどうしたらいい？」

「今夕にでも手代を遣いに来させます。それと、くれぐれもこのことはどなたにも話さないでいただきたいのです」

「そりゃそうですな。大金を運ぶなど、世間に知られてはまずいでしょうから。ならば一人でも警護が多いほうが。手前も、お手伝いいたしましょう」

「鍼灸師の先生がですか？」

十徳を着込んだ孔沢に、はたして警護が務まるのかどうか、長三衛門の疑問の目が孔沢を差している。

「この人も、いざとなったらお役に立ちますぜ。柔術にかけてはかなり腕の立つお人ですからな」

白兵衛が孔沢を持ち上げた。

「それは頼もしい。でしたら、お引き受けいただけますでしょうか。あと十両付け加えますので」

いらないと言ったら、それこそ不自然だ。

「三十両ですか……」

金が目当てではないが、孔沢が駆け引きをする。

「でしたら、都合四十両お出しします」

ごく当然の、商取り引きとなった。

「もう一度お訊きしますが、二万両もの金をいつどちらに運びますので？」

「時は二日後のあさって。夕七ツに、日本橋十軒店の金高屋に来ていただければ、そこで行き先を教えます。手前どもの奉公人が十人で運びますので、途中盗まれないよう護衛をしてもらうだけです。どうです、簡単なお仕事でございましょ？」

「ええ。何事もなければですが」

「ですが、一つだけ懸念する節がございまして。それがなければ、警護など頼まなくてよいのです」

「やはり、何かありそうなのですな？」

「はい。先だって大川で襲ってきましたあの徒党たち。それが、どこの家中の者たちか知れましまして」

「ほう。どこの者たちでした？」

「それが、五千石旗本山森高成様のご家来たちだそうで」

「山森家……」

「ご存じですので？」

「いや、知るはずもないでしょ」

口にするものの、孔沢の頭の中はその山森に向いていた。寒山と右京ノ介が、今ごろ当主と向き合っているころだと。

「襲撃した相手がどこの誰と分かっていて、どうしてお上《かみ》に訴えないので？」

孔沢の問いに、長三衛門が顔の前で手を振りながら答える。

「それができるようなら、とっくにしております」

長三衛門の答に、孔沢はあざ笑うような笑みを浮かべた。

――やましいことがあると、自ら認めているようなものだ。

これは大事なことだと心に留めて、孔沢は話を進める。

「とりあえず、夕方ご使者の方が来るまでに、右京さんに加わってもらえるかどうか訊いておきます。たぶん、大丈夫でしょうけど。あのお方も、お金にはご苦労なさっておりますすから」

「それでは、よろしくお願いいたします」

主の長三衛門は、背丈も番頭の肩ほどしかない。しかし、そのうしろ姿はやはり大商人の威厳を醸《かも》し出す。貫禄は、体の大きさからくるものではないと、孔沢は改めて感じていた。

九

金高屋の二人が去ってから半刻ほどして、寒山と右京ノ介が戻ってきた。

孔沢も白兵衛も、その帰りを首を長くして待っていた。

「伝えたいことがある。わしの部屋に来てくれ」

「こちらも大事な話が……」

両方とも、早く話がしたいとそんな思いが、戸口先でぶつかった。お峰を交え、五人がいつもの並びで車座となる。

どちらの話を先に聞こうかということになった。

「田ノ倉を陥れるに、これほどまたとない機会はこの先訪れないでしょう」

「ほう、何があった？」

孔沢の話に、寒山が身を乗り出す。となると、孔沢たちの話が先となる。

「半刻ほど前……」

金高屋が来てからの話を、孔沢がありのままに語った。

「二万両をある場所に運ぶので、その警護をしてくれとか」

孔沢は興奮気味に語るも、寒山と右京ノ介は意外にも落ち着いている。肩透かしを食らったような、孔沢と白兵衛の面持ちであった。

「もしかしたら孔沢と白兵衛は、その金が田ノ倉のもとに運ばれるとでも思っていたのか？」

「あたしも親方から聞いて、そのように思ってました」

お峰が口を挟んだ。

「その富くじ興行で得た二万両は、田ノ倉のもとに運ばれるのではない」

「と申しますと、ご隠居はすでにご存じなので？」

「同じような話が、山森家からあった。残念ながら、この一件に田ノ倉は関わりがなさそうだ。あの襲撃はたしかに山森家の家来たちの仕業であったが、当主の高成殿はまったく知らぬことであった。まあ、一部の家来たちが一存でしたものと思っていてくれ」

寒山が、山森家での話を語る番となった。

「あの山森家も、わしの井川家同様、幕閣の一人から疎《うと》んじられ移封となり、そして改易までされて大名の位を失った。幸いにも五千石の旗本として生き残ったが、積年の恨みはわしどころではない」

その件《くだり》については、熊八の話で聞いている。だが、要点はここではなかった。

「山森家の失脚を目論《もくろ》んだのは田ノ倉と思っていたが、それが違っていた」

「もしや、恨む相手は寺社奉行の白川継春様でございますか？」

孔沢の問いが挟まれた。

「そのとおり」

寒山の、断言であった。

「実際には、白川継春の先代で若年寄であった継友《つぐとも》だ。今の継春は、八年前に家督を継いで、奏者番から寺社奉行になった男だ。もうすぐ、若年寄に推挙されるということだ」

「田ノ倉の引きで、ということになるのでしょうか？」

「まあ、そうだろうな。そのために、上納の資金が必要なのだな。その金を白川継春は、どうも不正を働き作り出したようだ。長三衛門という商人が言った、それができるようなら云々《うんぬん》は、まさにそこに通じる言葉であろう」

長三衛門が孔沢に向けて、最後に言った件《くだり》である。寒山も、そこは聞いて知っている。

「富くじの売り上げが不正でもって……ですか？」

「わしは二万両を運ぶと聞いたとき、はっと思った。その金は、寺社奉行白川継春のところに流れるのだろうと。実際山森家では、富くじのことは話に出なかった。まだ、そこまで探求できていないのだろう。だが、ある方法で白川は金を作っていることまでは分かっていたようだ。それを暴いて、白川の不正を訴えようとしていた矢先に、一部の跳ね返り家臣たちがあの屋形船を襲ってしまったのだな。あれは、田ノ倉でなく、白川継春を襲ったものだ。単に、積年の恨みを晴らそうと短気を起こしてな」

　あの日、大川に繰り出さなかったらどんな結果になっていたのだろう。そんな思いが場にいる全員の脳裏をよぎっているようだ。部屋に、しばしの静けさが宿った。

「山森家の拝領屋敷って、どこにあると思う？」

　静寂を破ったのは、右京ノ介であった。

「浜町ではないので？」

「浜町は浜町でも、その場所だ。隣が広大な敷地の大名家でな、それこそが山森家の領地であった美濃高上藩の、今は藩主となられている青山安房守善実《あわのかみよしざね》様の上屋敷なのだ」

「それって……」

　お峰が、驚く顔で右京ノ介を見やっている。

「屈辱なのは、お峰にだって分かるよな。出羽の地に移封されたのは祖父の代。改易の憂《う》き目を見たのは父親の代、そして今は、高成様が若くして家督を継いでその屈辱を味わっている。三代に亘る遺恨が、白川家に向けられているのだ」

「わしは、高成殿の気持ちがよく分かる。なんとか、力になってあげようかとな。

そしたら、今の孔沢の話だろう」

「あまり、驚いてはなさそうでしたが」

「とんでもない。驚きすぎて、言葉が出なかっただけだ。それにしても、因果というものは巡るものだな。あそこで、襲撃事件に出くわさなかったらこんな話にもならんかった」

「まったくであります」

孔沢が、大きくうなずきながら返した。

「ところでご隠居。大まかなことが分かりましたが、これからどうなさりますか？」

右京ノ介の問いが、寒山に向いた。

「金高屋の長三衛門というのは、まったくこっちのことを知らんのだな？」

「あっしらのことを、本当に信頼しておりますようで」

白兵衛が、薄ら笑いを浮かべて答えた。

「ならば、こいつは使えるの。そこから四十両もらって、山森家の憂さを晴らしてやろうではないか」

「ご隠居に、策はございますので？」

「いいことを思いついたわ。とりあえずは、夕方来るといった長三衛門の遣いに、右京の承諾を伝えればよいのだろう。そうなると、もう一度山森家に行かないといかんな。白兵衛、白川家ってのはどこにあったかな？」

「向柳原《むこうやなぎわら》の藤堂和泉守《とうどういずみのかみ》様のお隣であったかと……」

「そうだったな。知っていても、知らぬ振りをしておけよ」

「心得てます」

向柳原は、神田川の北側に位置する。あのとき、豪華な屋形船が神田川の柳橋を潜ってきたのは、なんとなく分かるような気がする寒山であった。

「ところで、寒月庵の塀に火を放ったのは、山森家の手の者ではないと分かった。それについては、天地神明に誓うと河合という家臣が高成殿に訴えていた。それを、信じるしかあるまい」

火付けの下手人捜しは、振り出しに戻った。しかし、真の下手人を見つけ出せたとしても、それまで三五郎が痛め吟味に耐えられるかどうか。寒山の心に、いささか焦《あせ》りが生じていた。

「……もう少し我慢してくれ三五郎」

寒山が、祈りを込めるように呟いた。

その日の夕方、金高屋長三衛門の遣いが寒月庵を訪れてきた。

そこには右京ノ介がいて、直に承諾の意を言うと、「主に伝えます」と、弾む声を残して帰っていった。

それと入れ替わるように、再度山森家を訪れ策を練り交わしていた寒山と孔沢が戻ってきた。

寒山が浮かない顔をして、白兵衛を自分の部屋に呼んだ。

「ちょっと白兵衛には、耳の痛い話なんだが……」

「何かございましたので？」

「おまえの友人である熊八のことなんだが……」

「熊八がどうかしましたんで？」

「ここに火をつけようとしたのは、どうやら熊八の線が強くなった」

「なんですって？」

驚く形相《ぎょうそう》で、白兵衛の目が寒山を射た。

「白兵衛は、あの日、大川から戻って熊八のところに行ったな」

「へえ」

「そこで、何を話した？」

「もしかしたらと思って、大川での一件を。熊八なら何か分かるかと。ですが……」

その場では、さしたることは聞けなかったと寒山も聞いている。

「だが、熊八はおそらくそのときには山森家のことを知っていたのだろう。熊八という中間を、山森家では雇っていたことがあるそうだ」

「聞いてませんでしたな、そんなこと」

「これは、確たる証しではないが、かなり疑いが濃くなってきている。今夜もう一度、熊八のところに行って確かめてみたいのだが」

「でしたら、あっしも行かせてもらいます。もし熊八だとしたら、遠慮しねえでしょっ引いてやりまさあ」

賭場がなければ、湯島天神坂下の住処《すみか》にいるはずだ。すぐに行きたかったが、かなり空腹を覚えている。

「腹が減っては、戦《いくさ》はできんからな」

夕飯を食い、腹を満たしてから寒山と白兵衛は湯島に向かうことにした。いつもより早い夕食を用意させ、寒山と白兵衛は出かけようと雪駄《せった》を履《は》き、三和土に下りたところであった。

「ごめんくだせい」

外から声がすると同時に、引き戸が開いた。

「あっ、おめえは」

仰天《ぎようてん》したのは、白兵衛であった。今まさに、その者の家に行こうとしていたところであったからだ。熊八のうしろに、男が一人立っている。顔がぼこぼこに殴られ、変形している。目の周りは痣《あざ》で黒く変色し、口からは血を流し前歯が数本折れている。それはもう、見るに耐えないほどの酷《ひど》い面相であった。肩の骨が折れているのか、片腕がだらりと垂れている。

「誰なんで？」

「火付けを捕まえてきましたぜ」

白兵衛の問いに、熊八が答えた。

「こいつが、てめえでやったと白状しました。どうやらご隠居さんの目があっしを疑うようでしたので、こいつは俺が捕まえねえと大変《てえへん》なことになると思いましてね」

熊八が捕まえてきたのは吉次郎《きちじろう》という男で、賭場で大損をしてすってんてんになったところをある男から呼び止められ、二両の金で寒月庵の放火を請け負ったと言う。

「頼んだ男ってのは……?」

「聞いたって、教えてくれるはずはありやせん」

口の中が痛むのか、か細い声で吉次郎が答えた。

「それはそうだな」

金で買われる男に、素性を明かす者はいないだろうと、寒山も得心をする。それは、あとで調べればよいことだ。ここは、火付けの下手人が知れればそれでよしとした。

「でも、あっしは本気で火をつける気はなかった。なので、通りからよく見えて天水桶の近く……」

吉次郎は、小火で済めばとの思いで板塀に火をつけたという。

「少しは、良心があったか。とにかく、急いで火盗改の役所に連れていこう。三五郎を自由にするのが先決だ」

だが、吉次郎は動けそうもない。ならば、火盗改の役人を呼んでくるほうが早いということになった。三五郎の解放はあとになるが、真の下手人が分かったとあらば、痛め吟味を止めることはできるだろう。

「あっしが、行って……」

「あたしが行きます」

白兵衛を止め、名乗り出たのはお峰であった。女だてらに、韋駄天《いだてん》の異名がつくほど脚が速い。日が落ちて暗くなるも、そこはくの一である。夜目も利くし、こういった場合はうってつけだ。

駿河台の火盗改の役所まで半里二町の道を、お峰は駆け出していった。

それから一刻も経たず三五郎が解き放たれ、お昌と三吉のもとに戻ったのはいうまでもない。

「三吉の喜ぶ顔が、目に見えるようだな」

これで一つ片がついたと、寒山は満面の笑みを浮かべた。

十

翌日、寒山は金高屋へと赴いた。

金高屋は、富くじ差配の傍ら小間物なども扱っている。店の間口は十間ほどあり、小間物屋としては大店だ。

右京ノ介、孔沢、白兵衛とは別の行動を取る。お峰をつなぎに使うため、側に従えさせている。物陰に隠れ、二台の荷車に積まれた二万両の金が動き出すのを待っている。

金高屋の奉公人が、五人ずつに分かれ荷車を曳《ひ》く。その脇に、三人が護衛の形でついている。向かう先は、向柳原の寺社奉行白川継春の役宅である。長三衛門の、荷物を見送る姿があった。

「よし、動き出したぞ」

お峰は、別のところに待機している侍たちを呼びに向かった。五人の侍が、寒山と合流する。侍たちの中に、山森家の番頭河合も交じっている。

「すぐに、乗り込みましょうぞ」

狙いは、金高屋の主長三衛門である。四半刻で、不正を白状させなくてはならない。

事は、急ぐ。

「主はどこにいる?」

寒山たちは店先から乱入し、雪駄も脱がずに板間に上がった。奉公人の一人に刃をあてがい、母屋へと向かう。長三衛門の部屋の腰障子を開けると、主の長三衛門と番頭の市兵衛が向かい合って座っていた。

　抜刀した五人の刃の鋒が、主と番頭に向いている。

「さあ、富くじの不正を話してもらおうか」

　問うたのは、寒山であった。光る刃に怯《おび》えたか、四半刻もかからず長三衛門はすんなりと不正のからくりを語った。

「この度の富くじ興行は、およそ二万両の売り上げがありました」

　だが、実際の当選金や経費を差し引いても、一万両はかかっていない。残りの一万両が、白川継春の懐に入るという算段であった。

「これで、白川継春を貶める糸口がつかめましたな」

「長年の恨み、これで晴らせます。亡くなった先代も、そして今の殿も、きっとお喜びでございましょう」

　涙ながらに、河合が言った。

「泣いている暇はありませんぞ、河合殿」

　長三衛門の白状を、白川継春に突き付けなくてはならない。今ごろは、神田川の新シ橋《あたらし》を、荷車は渡っているころだ。追いかけようと、寒山と山森家の家来たちは道を急いだ。一足早く、お峰は報せに健脚を飛ばしている。

白川家の正門は開き、二台の荷車を待ち構えていた。

「ご苦労であった」

玄関先で、白川継春本人が迎え出ていた。荷車から二万両を降ろそうとしたところであった。

「その金、降ろすことはないぞ」

大声を出して入ってきたのは、頭に陣笠を被り、陣羽織を纏った武士であった。背後に、三十人ほどの家来を従えている。みな、胴鎧《どうよろい》を身につけ、鎖籠手《くさりごて》に鎖脛当《すねあて》をして、軍役に繰り出すような格好である。

「大目付の米田竜之介《よねだたつのすけ》だ」

大名、幕閣を取り締まる大目付が、直々の出陣であった。

「その荷車に乗る二万両について、吟味いたす」

「何を申すか。いくら大目付とはいえ、酷い言いがかりでござるぞ」

顔面を真っ赤にして、白川継春が抗《あらが》うも、大目付米田はまったく動じない。

「言いわけは、評定所においてなされたらいかがでござりますかな」

身分は大名と旗本と差があるが、役職は逆の立場にある。

「白山神社本殿営繕普請《えいぜんふしん》資金調達の富くじの開催にかこつけ、不正があったことが判明した」

「何を根拠に……」

「言いわけは無用と申しましたぞ」

大目付が寺社奉行の口を封じる。五万石の大名とあらば、抱える家臣はかなりの数に上る。異変を嗅《か》ぎ付け、屋敷を囲む長屋塀の中からぞろぞろと、玄関先に集まってきた。その数二百人はいるか、みな大刀を手にしている。

白川方の家臣二百人対大目付方三十人の軍勢が、まさに一触即発の状態で対峙《たいじ》している。それに挟まれた形で右京ノ介と孔沢に白兵衛、そして金高屋の奉公人たちが立ち尽くしている。

「なんだか、大変なことになってきたね」

白兵衛が、孔沢に小声で言った。

「とにかくここは、大人しくしていましょう。もうすぐ、ご隠居が駆けつけると思いますし……」

そのやり取りを、大目付の米田が聞いている。

「おい、そこに立っていては邪魔だ。荷車ごと、わしらの背後に廻れ。ただし、屋敷から出てはならんぞ。吟味があるでな」

米田の命令口調に、右京ノ介たちは従った。荷車を曳いて、捕り方の背後に廻ろうとすると、白川方の家臣五十人が立ちはだかった。

「金は、玄関先に降ろせ」

継春の号令が飛ぶ。

「いや、門扉《もんぴ》の前で控えておれ」

米田が拒む。

「とりあえず、脇にどいてましょう」

どちらについてよいか分からず、孔沢は危険の及ばないところに控えていようと右京ノ介を促した。

「そうだな。脇に、どいていようぞ」

対峙に巻き込まれないようにと、右京ノ介たちは荷車ごと、中門に通じる塀の脇に移った。邪魔がいなくなったと同時に、白川方の二百人が一斉に刀を抜いた。

「抗うと申すか！」

米田が怒声を発するも、多勢に無勢である。二百人の抜刀は、軍勢の腰を引かせた。白川継春が、米田の引きに乗じて一歩前に繰り出す。

「あの金は富くじの売り上げ金を若年寄西尾《にしお》三千尚《みちなお》様に献上するもの。どこに不正があろう。すぐさまここを引き上げんと、生きては出られんぞ」

実力行使に出るか、白川継春の命令が下ろうとするとき、

「おや？」

そのやり取りを孔沢が見ていて、首を傾げた。

「どうかしたか？」

右京ノ介が、孔沢に問うた。

「あの大目付、薄ら笑いを浮かべてます」

「本当ですな。絶対不利だというのに」

白兵衛が、小声で返した。


門の外から、一足先に着いたお峰が立ち止まって中を見ている。

お峰の背後から声をかけたのは、寒山であった。

「どうかしたか、お峰」

「なんだか大変なことに。白川家の家臣が、そろって刀を抜いてます」

「そのようだが、何かあったのか?」

「大目付様がどうのこうのと」

お峰も着いたばかりで、状況を把握《はあく》していない。

「右京ノ介たちはどうした?」

「それが、お金ごと見当たりませんで」

「そうか」

門の外から邸内を見回すも、玄関前は人が溢《あふ》れ、いつ斬り合いがはじまってもおかしくない状況であった。中に入って、間を取り持つわけにもいかない。

「とりあえず、ここで様子を見ていましょうぞ」

寒山が話しかけたのは、一緒に来た山森家の家来たちであった。

「左様ですな」

答えたのは、河合である。

「ご隠居様……」

お峰が寒山に声をかけた。

「向こうから、ご立派な乗り物が」

黒塗惣網代棒黒塗《くろぬりそうあじろ》の大名駕籠《かご》が、二十人ほどの警護侍を率いて白川家に向かってやって来る。

「ちょっと、離れていよう」

寒山たちは物陰に移動して、大名駕籠をやり過ごした。唐破風《からはふ》屋根の下で大きく開いた門の中に一行が入っていく。それを見計らって、寒山たちも門の外へと戻ると中の様子を再び見やった。

乗り物から降りたのは、金糸銀糸で織られた煌びやかな着物に身を包んだ、高貴な侍であった。

「あっ、あれは」

奇《く》しくも同時に右京ノ介、孔沢、そして白兵衛の口から言葉が漏れた。見覚えがある顔だ。屋形船に乗っていた、三人の武士の一人であった。

「これは、西尾様……」

声音は、白川継春のものであった。強い味方が来たと声が弾んでいる。

「なんだ、まだ捕らえてなかったのか?」

何あろう、若年寄西尾三千尚の顔が向いたのは、大目付の米田のほうであった。

「すまんな、白川殿。これは上意でござってな、そこにある二万両は陰富《かげとみ》の上がりとして幕府が没収する」

陰富とは、幕府に認可されない闇の富くじのことである。むろんご法度《はっと》で、露見した場合の罪は重い。

「なんと申されました、西尾様？」

不信があらわに出た、白川継春の形相であった。

「陰富の勧進興行を差配した廉《かど》で、大目付を差し向けたのだ。これは老中田ノ倉様のお指図でござる」

「田ノ倉様だと……？」

白川継春の顔面が、蒼白《そうはく》に変わる。

「裏切りましたな、西尾様……」

「裏切ったとは、聞き捨てならんな」

蜥蜴《とかげ》の尻尾《しっぽ》を切るように、西尾が吐き捨てた。


その一部始終を、寒山は門の外から見ていた。

「やりおったな、田ノ倉！」

すべては田ノ倉の目論見であったかと、寒山は苦悶に声を震わせた。

あの日、大川での屋形船は、一大汚職の温床であったかと寒山の考えは至った。

「どおりで、表沙汰《おもてざた》にはしなかったのか」

山森家の襲撃に目をつぶった幕閣の意図がうかがえる。山森家の、長年の遺恨を晴らしたのは田ノ倉だと思うと、寒山は複雑な思いとなった。

「だが、不正に変わりはない。いつか田ノ倉を追い詰めてやる」

寒山が、呟くように口にする。

「そうだ、右京たちは……？」

右京ノ介たち三人は、屋敷の中にいる。不正に加担した咎で、大目付に捕らえられることも考えられる。そんな言葉が、中から聞こえてきた。

「金を運んだ者たちを、すべて捕らえよ」

大目付米田の号令が飛んだ。すると、早縄で縛られた三人と金高屋の奉公人たちが西尾三千尚の前に引き出されてきた。

「ご隠居様……」

お峰の、心配そうな声音であった。しかし、今は寒山としてもどうにもしてやることができない。

「いざとなったら、仕方ない」

田ノ倉との対決に、寒山は血を流す覚悟であった。その際は白川継春を味方につけ、山森家を裏切ることになる。

「それも、仕方がなかろう」

と口にしたところで、右京ノ介たちの縄が解かれるのが見えた。

「この者たちを捕らえてはならん。よいから解き放て」

米田に命じたのは、若年寄の西尾であった。

屋形船で助けられたことを憶えていたのか、さもなくばそのときのことが公《おおやけ》になるのを恐れてのことか。

「どちらとも、言えんな」

寒山が口にしたところで、右京ノ介と孔沢、そして白兵衛の三人が門の外へと出てきた。そのあとすぐに、金高屋の十人がそろって出てきたのを見ると商人たちにも咎は及ばないようだ。

「やはり、二万両が目当てだったか」

田ノ倉恒行の巨悪を、寒山は改めて思い知った。

第三話　四十七士の本懐

一

霜月《しもつき》初旬、江戸では珍しく、早い時季の初雪であった。

雪は朝から深々と降り、昼までの積雪は三寸ほどとなっていた。外では子供たちが雪投げなどをしているのか、はしゃぎ声が寒月庵にも届いてくる。

「雪見酒と洒落込《しゃれこ》むか」

寒月庵《ここ》でも、季節外れの珍しい雪に気持ちを躍らせる大人たちがいた。庭の手入れは、白兵衛が暇を見つけてやっているので、前栽《せんざい》はきれいに整っている。障子戸を開け広げ、寒風をものともせず、庭の雪景色を酒の肴《さかな》にしての酒盛りがはじまった。

「こんな寒い日は、熱燗《あつかん》に限りますな」

舌が火傷《やけど》するくらいの熱い燗酒を口にしながら、右京ノ介が気持ちよさそうに言った。

「五葉松《ごようまつ》に積もる雪を眺めて酒を呑むのも、乙《おつ》なものだのう」

鉢台に並べられた盆栽《ぼんさい》の剪定《せんてい》は、寒山の道楽でもある。整った枝ぶりを、自ら褒《ほ》めながら寒山が言った。

「石灯籠《いしどうろう》に雪が積もるのも、風情《ふぜい》がございますわね」

お峰が、庭の隅におかれている石灯籠を目にしている。

雪見酒は、一刻ほどつづいた。

空は厚い雲に覆《おお》われ、暗くなるのがいつもより早い。外は薄暗くなり、寒さも増してきている。くしゅんと一つ、お峰が嚔《くさめ》を発した。

「そろそろ、障子を閉めませんか。ご隠居も、お体に障《さわ》りますし」

孔沢が、医者の立場として言った。

「何を言っておる孔沢。いま嚔をしたのはお峰であるぞ」

「誰がいたそうが、かなり冷え込んできています。その分暖が欲しくなって、酒も進みますし、むしろ体に毒となります」

「そうだの。孔沢の言うとおりだ」

医者としての諫言《かんげん》を、寒山は素直に聞き入れた。障子戸を閉めきり、火鉢の炭を熾《おこ》し暖を取る。

部屋に暖かさが戻ったところで、暮六ツを報《しら》せる鐘《かね》の音が寛永寺のほうから聞こえてきた。そして、四半刻が過ぎたころであった。

ドンドンドン……ドン。

戸口の引き戸が壊れるのではないかというほどの、けたたましい音が聞こえてきた。

「何事があった？」

「拙者が出てみましょう」

右京ノ介が、大刀を手にして戸口へと向かった。心張り棒を取ると同時に、引き戸が開いた。すると、侍が一人、転がるように入ってきた。

「ご隠居様は、おられますか？」

「ええ。どちら様……」

右京ノ介に覚えのない顔である。右京ノ介の言葉が終わらぬうちに、侍が草鞋《わらじ》を脱いで式台に上がった。

「ご隠居様は、どちらに……？」

「その前に、どちらさんかと？」

「井川家家老筑波《つくば》梶之進《かじのしん》様からのご伝言です」

　本家からの使者であった。

「こちらです」

　右京ノ介は、怪しむことなく先に立った。

　ドタドタとけたたましい足音が居間に聞こえてきた。

「ご隠居、ご本家のご家老からお遣《つか》いの方が……」

　右京ノ介が襖《ふすま》の唐紙《からかみ》を通して、声を投げた。

「いいから入れ」

　と、寒山の声が返った。

　驚いたのは、使者のその姿である。降る雪の中、傘も差さずに来たのか、肩には雪が積もっている。袴《はかま》の裾《すそ》は泥だらけで、全身がずぶ濡れである。廊下に滲《にじ》み跡が足形となって残っている。かなりの急用がもたらされたものと、寒山の気が逸《はや》った。

　寒山のよく知る家来で、井川家からの遣いであることに疑いはない。

「ご家老様のご伝言でございます」

「前置きは分かったから、早く何事があったか話せ」

「はっ。きょう昼八ツごろ、老中田ノ倉恒行《たのくらおきゆき》様が暗殺されたとのことです。それをいち早くご隠居様に伝えてこいとのご家老の……」

それから先の、使者の言葉は寒山の耳に入っていない。目はあらぬところを向いて、口は開き気味である。寒山が、心ここにあらずの状態に陥っている。やがて、放心状態が解けたか寒山の鋭い目が使者に向いた。

「それで、どこのどいつが田ノ倉を暗殺したというのだ？」

「申しわけございません。身共には、詳しいことはまったく……ただ、そのことだけを伝えてこいと、ご家老様から命じられたもので」

詳細については、使者ではまったく伝わらない。

「……まるで、餓鬼《ガキ》の遣いだな」

使者を詰《なじ》っても仕方ないと、寒山は呟《つぶや》きだけで収めた。

「右京、出かけるぞ」

「ご本家にですか？」

「当たり前だ。ほかに、どこに行く」

夜分であり、雪がやまずにますます積もってきている。それだけでは、逸る気持ちを抑えられるものではない。出かける用意をしようと、立ち上がったところでふらつき、そのまま尻餅《しりもち》をついた。夕方から呑んだ雪見酒が利いて、足元をおぼつかなくさせている。顔面も、飲酒でもって真っ赤である。

「ご隠居、酔っていてはこの雪道は無理でございます。ご本家まで、一里以上もありますぞ」

「ならば、拙者がご隠居の名代《みようだい》で詳しい話を聞いてまいります」

右京ノ介が、代わりを申し出た。

「いやいい、右京。これから行って聞いたところで、動きようもなかろう。明日の朝にでも行って、わしが直《じか》に聞いてこよう。朝早くまいると、家老の梶之進に伝えておいてくれ」

「かしこまりました」

一礼を残し、使者は去っていった。

田ノ倉への積年の恨みは雪よりも積もっているが、暗殺されたとなると心に疼《うず》きを感じる。必ず自分の手で陥れると決めてきた生きがいと、宿敵を失った虚無感が、同時に寒山の気持ちを塞《ふさ》がせた。

床に入っても、なかなか寝付かれない。

「馬鹿野郎が、死におって。早すぎるわ」

悪態が口をつくも、それを受け止める者はもういない。

「それにしても、いったい誰が……？」

寝床の中で、思い浮かぶ者はいく人かいる。直近では、二月《ふたつき》ほど前に家が断絶となった遠江は掛山藩主で寺社奉行を兼ねていた、白川継春の遺恨《いこん》が思い浮かぶ。ほかにも田ノ倉から苦汁《くじゅう》を呑まされた大名、旗本。そればかりでなく、大店《おおだな》の商人たちもいる。店を潰《つぶ》されて、恨みを持つ者も多かろう。

「……店を潰されては、刺客を雇うほどの金はないか」

やはり、寒山と同じような憂《う》き目に遭《あ》った大名や旗本の仕業かと次々と怪しい者らが浮かぶも、断定できる者はいない。そんなことを考えているうちに、ようやく眠りについた。

その夜寒山は眠りが浅く、朝起きたときは頭の芯に疼きを感じた。いく分、酒も残っているのだろう。雪見酒を呑みすぎたと、寒山は朝になって後悔した。

昨日とは、うって変わって空は晴れ渡っている。日の光が、障子戸を明るく照らすも、寒山の心は晴れない。

「寝ているどころではなかった」

起きたらすぐに、井川家本家である上屋敷を訪れなくてはならない。

「ご隠居様……」

襖越しに、お峰の声が聞こえた。

「起きておるぞ」

「朝餉《あさげ》の用意ができております」

お峰も、寒山が朝一番で出かけることを知っている。いつもより早い朝食を用意していた。

「右京も起きているか？」

本家には、右京ノ介を伴って行く。

「いいえ、まだなようです」

「呑気《のんき》な奴だな。早く起きろと言ってきなさい。めしを食ったら、すぐに出かけるとな」

「かしこまりました」

お峰の声を聞いて、寒山は立ち上がった。塩で歯を磨き、冷たい水で顔を洗うと頭の中の疼きは消えた。

「お早いですな、ご隠居」

手拭《てぬぐ》いで顔を拭いているところに、右京ノ介から声がかかった。

「早くはない。めしを食ったら、すぐに出かけるぞ」

「かしこまっております」

孔沢と白兵衛は、まだ床の中にいる。

――田ノ倉が死んだというのに、呑気な者たちだ。

思うだけで、詰りはしない。寒山と右京ノ介の、二人だけの朝食をすませ出かける仕度となった。お峰に髷《まげ》の乱れを直させ、寝巻きから武士の装いに着替え、厚手の羽織を纏《まと》った。腰に、小さ刀だけを差して寒山の仕度は調《ととの》った。

外に出ると、あたりは真っ白な世界である。地面の積雪は四寸ほどであろうか。

「これでは、歩いていくのは容易でございませんな」

雪駄《せった》では足が滑ると草鞋を履《は》いたものの、上屋敷までは一里以上の距離がある。中屋敷ならば寛永寺の西側にあるが、上屋敷はさらに遠い小石川にある。

下谷広小路に出ると、そこで町駕籠《まちかご》を二挺《ちょう》雇うことにした。

真冬のような寒さなのに、駕籠かきは元気である。捻《ねじ》り鉢巻に、素肌の上に半纏《はんてん》一つを纏い駕籠を担ぐ。

「どちらまで?」

「小石川の伝通院近くまで、とりあえず行ってくれ」

二挺の駕籠に指示を出し、井川家上屋敷の正門前に着いたのは、朝五ツを報せる、四つ目の鐘が余韻を残すところであった。

唐破風《からはふ》屋根の下に門番が二人立っている。その一人が驚く顔を寒山に向け、深く頭を下げた。

「入るぞ」

門番に一言断り、正門脇の潜り戸から邸内に入る。玄関前でうろつく家臣に、寒山が声をかけた。

「家老の筑波梶之進に、寒山が来たと伝えてくれ」

「どちら様で?」

隠居の姿でなく、寒山のいでたちは武士の正装である。

「このお方を誰と……」

右京ノ介が、前に進み出た。

「いいから、右京。わしの顔を知らん家臣はいくらでもいる」

「もしや……車坂のご隠居様」

「そう言って、家老に伝えてまいれ」

すっ飛ぶように、家臣は本殿へと駆け込んでいった。

「寒いから、中に入ろう」

本殿の玄関に入り、家臣の迎えを待つ。すると、家老の筑波梶之進本人が、奥から姿を現した。

寒山が来るのは、筑波は前もって知っている。

「これはお寒い中……」

「わしが来た用件は伝わっておるな」

「はっ」

式台に上がると、筑波のあとについた。廊下をいくつか曲がって案内されたのは、襖に絵が直描きされた御客の間であった。

二

寒山が上座に座り、その斜めうしろに右京ノ介が控える。江戸家老の筑波とは一間《けん》ほどの間をおいて向かい合った。

「友永《ともなが》殿は息災でおるか？」

まずは、自分の甥《おい》で井川家当主である友永を気遣った。

「はっ。殿は今、国元におられます」

参勤交代で、友永は江戸藩邸を留守にしている。

「左様であったか。すると、来年の春までは江戸にいないのか」

「はっ。来年の四月まで、国元で過ごされます」

「ところでご家老……もっと近《ちこ》う」

寒山が手招きをして、筑波を近寄らせた。膝を送って、間合いが半間ほどとなった。共に同い年であるが、隠居とはいえ元主君と家老の、身分の違いはいつまでもつきまとう。

「きのう聞いた話の件だが……」

寒山の声音《こわね》が、小さくなった。

「田ノ倉様のことでございますか？」

「そうだ。詳しく話が聞きたくて来た」

寒山と田ノ倉の因縁《いんねん》は、家老の筑波も知っている。そのために、隠居になって下谷車坂に隠居所を設けたことも。

「田ノ倉様が襲われたのは、昨日昼八ツごろとのことです」

昨日の昼八ツといえば、雪見酒がはじまったころである。降り積もる雪に興じていたとき、田ノ倉は何者かの兇刃《きょうじん》にかかっていたのか。寒山はそのときの状況を、目を瞑《つぶ》って想像した。

「……つまらん者たちの手にかかりおって」

誰にも聞こえぬほどの小さな声音で、寒山が呟く。

「何か、申されましたか？」

寒山の口の動きに、筑波が問うた。

「いや、なんでもない。それで、どこでだと？」

「昨日は下城が早く、帰路の途中とのことです。馬場《ばば》先御門《さきごもん》から大名小路に入り、少し下ったところで、田ノ倉様のお屋敷まで、二町ほど手前とのこと。雪が降っていて、真昼でも人の通りはほとんどなく、暗殺の瞬間を見た者は田ノ倉様の家臣以外いないそうです」

「それで、襲った者たちは……？」

「十八人ほどの、浪士風情であったと」

「そのとき、周囲には誰もいなかったのだろう？」

「騒ぎを聞きつけ駆けつけた者が、逃げていく浪士たちを見たそうで」

「なぜに浪士だと分かった？」

「着ていた物が、そのような感じだったらしいです」

感じだったらしい、だけで浪士と決めつけるのは早計だと寒山は思った。

「ですが、一人返り討ちに遭った者がいたらしく、その者の身形《みなり》はやはり浪人の様《さま》でしたと」

「田ノ倉は、警護の者を連れてなかったのか？」

「もちろんいたと存じます。いつものように、五十人ほどの隊列を組んでいたそうです」

「その中に、十八人だけで斬《き》り込んでいったのか？」

「そのようで、ございます」

「もっとも、五十人もの隊列といっても、不意に襲われたら無力も同然であろうな。相手は、用意周到で襲うだろうし」

「藩邸が近くなって、油断をしていたとも考えられます」

右京ノ介が、寒山のうしろから言葉をかけた。

「そのようだの」

「田ノ倉様の家臣で、斬殺《ざんさつ》されたのは十人だそうです。それがみな一刀のもとに斬られていたとか。よほどの手練《てだ》れが襲ったものと。その後あたりは騒然として、収集がつかない状況でした」

家老の筑波が、見てきたように様子を語った。

「田ノ倉の、ほかの家臣たちはどうした？」

「その場から逃げた者や徒党を追った者たちがいたそうですが、あとはどうなったか聞いておりません」

「だらしのない家臣たちだ」

寒山が、吐き捨てるように言った。

乗り物の中で、田ノ倉は無双窓《むそうまど》の外から前と左右の三方から凶刃に襲われ、そのうちの一刀に心の臓を突かれて絶命したようだ。乗り物から、夥《おびただ》しい血が流れ、白く積もった雪を真っ赤に染めていたという。

寒山は目を瞑り、現場の惨状を頭に浮かべた。

「右京の言うとおり、油断があったのだろう。自分がどれほど他人《ひと》に恨まれているか、田ノ倉は知らなかったのか？」

それを意識していれば、もっと注意を怠《おこた》らなかっただろうに。そんな悔《く》やみが、寒山の口からついて出た。

「ところでご家老は、田ノ倉の暗殺をどうして知った？　ずいぶんと早い報せであったが」

「ご隠居の盟友でありました、酒井《さかい》備後守《びんごのかみ》様からまずは報せがもたらされました」

酒井備後守盛房《もりふさ》は、奏者番であったときから、寒山こと井川友介とは親交があった。今は幕閣として若年寄の座にあり、出世を果たした人物である。齢《とし》が同じというよしみで、気が合ったところもある。酒井家の上屋敷は、馬場先門の近くにある。騒ぎが屋敷に届くと、家臣たちをすぐに現場に差し向け、田ノ倉暗殺事件を酒井も知った。

その酒井からの遣いが、いち早く井川家にもたらされ、すぐに寒月庵へ使者を飛ばしたという。

酒井盛房からの報せならば、何よりも信憑性《しんぴょうせい》があると寒山は踏んでいる。これで、田ノ倉恒行はもうこの世にいないことを実感した。

――この寂しさは、どこからくるのだろう。

憎き宿敵が死んだからには、喜ぶべきことではないか。だが、昨夜田ノ倉暗殺の件を聞いてから、そんな思いが頭をよぎったことは一度もない。むしろ、悔恨と憤《いきどお》りに胸を詰まらせるだけであった。

「誰の仕業なのか、分かっていないというのだな？」

「はっ。酒井様のご使者からは、誰の仕業かは聞けませんでした。ただ一つ、気になることがあると……」

「気になることとは？」

「討ち取られた徒党の一人の身形は浪人、面相は二十代前半と若く髷はきちんとそろえられ、月代《さかやき》もきれいに剃《そ》ってあったそうです」

「となると、どこかの家臣が浪士を装い蛮行《ばんこう》におよんだってことか」

いつしか寒山の言葉は、敵対する相手が違ってきているように感じられる。

「さもありますが、お家に累《るい》がおよばぬよう、脱藩したとも考えられます」

そう語ったのは、右京ノ介であった。

「いずれにしても、同じだ。どこかの家臣の跳ね返りだろうがなんだろうが、これだけは誰の仕業か突き止めなければならん」

「それはもう、幕府の威信をかけても捜し出すと、酒井様は言っておられたようです」

「さもあらん」

筑波の返しに寒山は小さくうなずきながら、自分自身でも真相を突き止めようと決めた。

思い起こせばこの十年、片ときも田ノ倉恒行のことを忘れたことがない。

寒山がまだ、丹波三万五千石亀田藩主井川但馬守友介であったころのこと。およそ十年前の宝暦《ほうれき》九年八月一日。江戸開幕の祖神君家康公《いえやすこう》が、三河《みかわ》から関東入国をした日とされ、それを祝っての大名総登城がなされる、いわゆる八朔《はっさく》の日であった。

その日田ノ倉恒行と、初めて言葉を交わしたのは江戸城中の、通称『松《まつ》の廊下《ろうか》』といわれる長廊下であった。

そのころの田ノ倉は、九代将軍徳川家重《とくがわいえしげ》の御側御用取次役《おそばごようとりつぎやく》として才覚を買われ、破竹の勢いで権勢の中核に躍り出ようとする時期にあった。むろん、友介もその存在は知っていた。だが、面と向かって話をしたのはそれが最初であった。それが亀田藩主井川家の、けちのつきはじめでもあった。こともあろうか、そのとき田ノ倉は一万両の賄《まいない》を無心してきたのだが、友介は毅然《きぜん》としてその申し出を断った。

　その後幕府から命じられた、隅田川《すみだがわ》の護岸御手伝普請《おてつだいふしん》二万両の供出は、田ノ倉恒行の差し金と踏んだ。そして、さらに田ノ倉は、友介を窮地に追い込む策をとった。

　老中西尾忠尚《にしおただなお》を動かし、丹波亀田の領地を井川家から奪い、幕府直轄地とした。その代替地として移封されたのは、陸奥《みちのく》の亀岡《かめおか》というところであった。その領地は瘦《や》せて農作物を育てるには適していない。ほかに、これといった産業もなく、いわゆる不毛の地であった。体《てい》のよい、大名左遷《させん》であったのだ。

　一万両の賂を出さなかったために、井川友介は田ノ倉恒行によって煮え湯を呑まされたのである。

「……金だけを、命の礎《いしずえ》としてきた男よ」

　昔日《せきじつ》に思いをめぐらせながら、寒山が呟く。『金の亡者』と、これまで蔑《さげす》んできた男が、今はこの世にいない。

　いつかは同じ煮え湯を呑ませようと、それが寒山の生きる目的であり、本懐《ほんかい》でもあった。それを支える柱が、何者かの手により一瞬で断ち切られた。

「早いぞ、田ノ倉恒行」

悔やみが、寒山の言葉となって出た。それを、右京ノ介の耳がとらえた。

「ご隠居……」

背後から、右京ノ介の声がかかった。

「どうした、右京?」

「これからどうなさるおつもりで?」

右京ノ介も、寒山の心情が分かっている。宿敵亡き後の、寒山の意気阻喪《そそう》を案じているようだ。

「寒月庵に戻って考えよう」

――積年の恨みとは、こんなに脆《もろ》くも潰《つい》えるものか。

今は、そのくらいのことしか考えられない。虚無感だけが、寒山の心につきまとった。

寒山は、二挺の乗り物を用意させ、一挺に右京ノ介を乗せ寒月庵へと戻った。湿り気のある雪は、融けるのも早い。泥濘《ぬかるみ》の地面に陸尺《ろくしやく》たちは足を踏ん張らせながら乗り物を担いでいる。

「久しぶりに、殿様になったようだ……ん、そうか」

駕籠の中で、寒山はふと思い至ったことがあった。

三

寒月庵に戻ると寒山は、四人を居間に集めた。

いつもの並びで車座となる。

「やはり、田ノ倉恒行が暗殺されたのは本当のようだ」

「すでに江戸中に、その話は広まっています」

孔沢が、町屋に出て町人の間から田ノ倉暗殺の話を聞いていた。昨日の今日なので、まだ讀売《よみうり》は売られていない。早ければ、今夕にでもその記事が書かれた讀売が、江戸中で売られるはずだ。

「江戸は、大変な騒ぎでございますね」

お峰も、寒山が留守の間に聞きおよんできている。

「それは老中が殺されたのだ、大騒ぎにもなろうよ」

右京ノ介が、お峰に言葉を返した。

「田ノ倉に死なれてしまって、ご隠居はこれからどうなさるので？」

孔沢が、右京ノ介と同じ問いを発した。

「田ノ倉への恨《うら》みつらみが、頭の中を駆け巡った。だが、それを訴える相手が急にいなくなってしまった。この先、憤りを誰に向けようかと気持ちを奮い立たせるのだが、どうも脱力感だけが体に残っての」

「お気持ちは、分かるような気がします」

お峰が、目尻を袖《そで》の袂《たもと》で拭いながら言葉を返した。

「ご隠居……」

「なんだ、孔沢」

「もうこれを機として、田ノ倉様をお忘れになったらいかがでしょうや」

田ノ倉に様がついても、寒山の咎《とが》めはない。死者を詰っても仕方がないと、寒山の配慮であった。

気持ちの箍《たが》が外れると、誰しもそれが起因となって一気に老け込むと、蘭学《らんがく》で学んだことがあった。孔沢が、寒山の気鬱《きうつ》の病を心配している。

「いや、忘れることはできん」

「それほどまだ、恨みつらみが……？」

「いや、そうではないぞ孔沢」

寒山の眼に光が宿っている。

「わしは、帰りの乗り物の中でふと思い至ったことがあった」

寒山が見せた、人を射抜くような眼光に、四人は居住まいを正して次の言葉を待った。

「田ノ倉の死でもって、感傷に耽《ふけ》っている場合ではないのだ」

「どんな意味でございますか？」

問うたのは、白兵衛であった。

「田ノ倉《あやっ》はまだ、死してもこのわしに憂《うれ》いをもたらせてくれる」

「はて、憂いとは……？」

「孔沢にも分からんか。田ノ倉を殺《あや》めた下手人《げしゅにん》たちは、誰とも分かっておらんのだぞ。それをこれから、幕府は威信をかけても捜し出すとのことだ。ということは……」

「なるほど。ご隠居の、おっしゃりたいことは分かりました。これは、由々《ゆゆ》しきことでございますな」

孔沢の面相が、急に険《けわ》しいものとなった。

「あっしらにも、分かるように話しちゃくれませんかね」

「白兵衛には、まだ分からんか？　拙者にもご隠居の肚《はら》の内が読めるわ」

右京ノ介が、大きくうなずきながら言った。「そういうことですか」と一言漏らし、同時に顔を顰《しか》める。

「ねえ、右京様。いったいどういうことか、あたしにも分かるように話してくださらない」

お峰が、せがむ口調で言った。

「右京から、どういうことか話してやりなさい」

白兵衛とお峰への語りは、右京ノ介の役目となった。

「それでは僭越《せんえつ》ながら……」

一言断りを入れて、右京ノ介が語り出す。

「田ノ倉様はな、多くの人から恨みを買っていたと見られる。井川家も、その一つだとしたらどうだ？　幕府はこれから威信をかけて、下手人を捜す。そうなると、田ノ倉に恨みを抱いていた嫌疑はこっちにもかかってくることが想定される。そうでありますな、ご隠居」

「右京ノ介の申すとおりだ。田ノ倉暗殺の一報は、わが盟友であった酒井殿からもたらされた。だが、酒井殿はもうわしとは立場が違い、若年寄の一人として幕閣に名を連ねている。そうなると、田ノ倉追い落としの最右翼として、わしの名が上がるのは間違いなかろう。そうなると、盟友なんて関わりはどこかに吹っ飛ぶ。酒井殿は、職責をまっとうするに違いない」

「酒井様が、ご隠居を裏切ると……？」

そこまでは、考えがおよばなかったと右京ノ介が問うた。

「裏切りではない。これは、酒井殿の幕閣としての務めだ。役目に忠実であるならば、こっちでどうこう言う筋合いではない。わしでも酒井殿と同じ立場ならそうする」

寒山が、額に皺数《しわかず》を増やし、真剣な面持《おもも》ちで言った。

「でしたら、なぜに酒井様は真っ先に井川家に報せをもたらせたのでしょう？」

「それが酒井殿の温情よ。お報せしましたから、あとの対処をお考えくだされとの、前もっての忠告で時を与えてくれた。それで、わしとの義理を果たしたってことだ」

孔沢の問いに、寒山は落ち着いた声音で答えた。

「となりますと、幕府の捕り方がここに来ますので？」

「いつかは来るだろうが、すぐにはないと思う」

「どうしてですか？」

「しばらくは酒井殿が、押さえてくれるだろう。だが、わしの思うところ、若年寄では五日が限度だ。酒井殿が老中であらば、もあと五日は延びるだろうがの」

老中と若年寄では、権限が大きく異なる。

「となりますと、猶予《ゆうよ》は五日しかないのですか？」

「ああ、そうだ。その間に、こっちで真《まこと》の下手人を捜し出すしかない。もっとも、幕府で先に見つければこちらの嫌疑は晴れるが……いや、わしらで絶対に見つけてやる。わしの生きがいを奪った、憎い奴らだ」

寒山の、決意のほどが口調に滲んでいる。

「そんなわけで、これから田ノ倉を襲った浪士たちの黒幕を暴き出すことにする。みんな、手を貸してくれ」

「手を貸してくれなどと、ご隠居……」

「おっしゃらないでください」

「ここにいる者みな……」

「ご隠居様に、尽くす覚悟でいるのです」

むろん右京ノ介、孔沢、白兵衛、お峰に異存があるはずない。

決意はまとまったものの、どこから手をつけてよいのか。

「まずは、ご隠居が怪しいと思われる者を、手当たり次第に当たられてはいかがかと」

提案したのは孔沢であった。

「左様であるな。だが、闇雲《やみくも》に追っても仕方なかろう。それでな、わしはこれから酒井殿のところに行こうかと思う」

「酒井様は、ご隠居を疑っておられるのでは？」

「もちろん疑いはあろうが、別のことも考えられる。今、ふとそれを思った」

問いを発した右京ノ介に向けて、寒山の顔は笑いを含んでいる。

「別のことと申しますのは？」

「下手人の探索に、わしの手を借りたいと言ってきておるのかもしれん」

「手を借りたいと、酒井様はおっしゃるのですか？」

「よく考えれば、そういう取り方もできる。右京もそうは思わんか？」

井川家の本家で聞いた、家老筑波の話を右京ノ介は頭の中でなぞっているようだ。その様子を見ながら、寒山は先に答を出す。

「まあ疑いか、手助けか……どちらかは、聞いてみないと分からんからな。それを訊きに行ってみるのよ。それと、幕府はどこまでこの件を探っているか、知れることにもなろう」

天井に顔を向けて考えていた右京ノ介が、寒山を見やった。

「なるほど。危険を冒《おか》してまでも、相手の懐《ふところ》に飛び込むのですな」

「何を申すか、右京。こっちは何も悪いことはしておらんのだぞ。どこに疚《やま》しいことがあろうか。正々堂々としていれば、相手の疑いなんて自然と吹っ飛ぶ」

「なるほど。さすれば、拙者がお供をつかまつります」

「いや、右京はここにいてくれ。酒井殿のところには、お峰と一緒に行く」

「あたしがですか？」

「ああ、そうだ。お峰が供であれば、酒井殿も気が緩《ゆる》むであろう。そうでなくても、老中が殺され気が立っているだろうからな」

「かしこまりました。それで、これからおいでに……？」

「いや、まだ早い。今は城内で忙しくしているであろう」

早朝から動いたので、まだ正午を半刻ほど過ぎたところである。若年寄の下城は夕七ツごろであろう。ただ、老中が暗殺されたばかりで、城内は混乱していると思われる。評議が長引けば、今夜の帰りはないかもしれない。

「とにかく、八ツ半ごろここを出よう。もちろん、駕籠を雇うから心配するな」

馬場先門までは、下谷からは一里半ほどある。雪融けの道が乾くのは、しばらく時がかかろう。歩いて行くには、遠い距離だ。

「右京たちは、念のため寒月庵の周りに不審な者がいないか気をつけていてくれ。わしの勘が外れて、幕府の捕り方が押し寄せて来るかもしれんからな」

「かしこまりました」

右京ノ介の、返事であった。

「ならば、昼めしとするか。お峰、なんでもいいから仕度をしなさい」

「でしたら、湯漬けでよろしいかしら？　すっぱい梅干をお隣からいただきましたから」

それはよいなと、四人の男衆の声がそろった。

四

寒山は出かけるまでの間、自分の部屋に閉じこもり、考えごとをしていた。

畳に大の字になり、これまでの経緯《いきさつ》を頭の中に思い浮かべた。

「いったい誰が、田ノ倉を殺《あや》めた」

天井に向けて、独りごちる。

「田ノ倉に恨みを持つ者で、一番の直近は白川継春」

白川家が謀反《むほん》の罪で改易《かいえき》となったのは、この年の九月のことである。まだ、二月と経っていない。

田ノ倉に大名の座を追われ、家が取り潰しに遭った元遠江は掛山藩主で、寺社奉行を兼ねた白川継春の家臣はかなりの遺恨を持っていると想像できる。

田ノ倉のでっち上げで、正規の富くじを闇勧進《やみかんじん》の陰富《かげとみ》とされ陰謀に嵌《は》まった。不正だけならまだしも、それで得た金で武器を調達し幕府への謀反を企てたと、濡《ぬ》れ衣《ぎぬ》を着せられては堪《たま》らない。謀反の罪で白川家は改易、江戸藩邸と掛山にいる藩士の五分の一は他所《よそ》への仕官も叶《かな》わず浪人となった。そのへんの事情は、寒山もうすうす知っている。

「やはり、白川家の浪士から洗うのが先決か」

寒山は、ここで思い出したことがある。それは、家老筑波の話の中にあった。『——討ち取られた徒党の一人の身形は浪人、面相は二十代前半と若く髷はきちんとそろえられ、月代もきれいに剃ってあったそうです』と。

「……まだ浪人の成り立てか」

となれば、最近藩を抜けた者と見える。寒山の思惑は、白川家残党に向いた。

「いや、待てよ。決めつけるのも早急だな」

独り言は、みな自分に向けてである。

「それにしても、なぜにこれほどの恨みを白川継春は、田ノ倉恒行から買ったのだろうか？」

寒山の疑問は、ここに至った。いくら田ノ倉でも、幕府要職の寺社奉行を陥れるには手が込みすぎている。それと、田ノ倉が策謀をめぐらすときは、貧しい庶民を巻き込んだりはしない。

「白川継春が集めた金は、町人たちが買った富くじの売り上げだからの」

それを、横取りすることまではしないだろうというのが、寒山の出した答であった。

「酒井殿に、そのへんを含めて話をしてみるか」

若年寄酒井盛房との謁見《えっけん》に、それを当てはめることにした。

あれこれ考えているうちに、昼八ツを報せる鐘の音が聞こえてきた。寒山はそろそろ出かけの仕度と、寝ている体を起き上がらせた。

「どちらで、行こうか？」

寒山は、出かけの姿に迷った。普段の姿である隠居の形か、礼を失しないために、武士としての正装かである。迷いはいくらもかからず吹っ切れる。

「ここは、普段のわしも見てもらおう。そのほうが、話がしやすい」

一介《いっかい》の町人姿で、若年寄の酒井盛房と会うことにした。問題なのは、その姿で家臣が取り次いでくれるかどうかである。「なんとかなる」と、そこは一言で不安を断ち切った。

山吹色《やまぶきいろ》の小袖に臙脂色《えんじいろ》の袖なし羽織を纏い、伊賀袴《いがばかま》で足元を締め、藜《あかざ》の杖《つえ》を手にして寒山の出かける仕度は調った。

お峰は珍しく、振袖を着て大店のお嬢様といった姿に変えている。髪も髪結いに行き丸髷に結ってある。簪《かんざし》も、二本ばかり多く挿《さ》した。

「見違えるのう、まるでお姫様だ」

「いやですわ、ご隠居様」

お峰は自分の立場をわきまえている。若年寄酒井の前では、おしとやかにしていようと。

酒井家に着く前に見ておこうと、田ノ倉恒行が暗殺された現場に立ち寄ることにした。武家屋敷が塀を連ねるところで、人通りが少ない。日向《ひなた》は、ほとんど雪が融けている。道沿いの日陰には残雪が、泥と混じって黒い山を作っている。

駕籠から降りて、寒山は暗殺現場の周囲を見回した。

血で真っ赤に染まった雪は、とっくに地面と混じり痕跡は消えている。どこにどう田ノ倉が乗った乗り物があったか、そして人が倒れていたかは分からない。それよりも、昨日の夕刻本当にここでそんな出来事があったのか、信じられないほど、現場は静かな佇《たたず》まいの中にあった。

「……こんなところで死におって」

苦言を呟くも、寒山は手を合わせて田ノ倉恒行の霊を弔《とむら》った。長年、宿敵として脳裏にあった面影は、今は怨恨から憐憫《れんびん》へと変わってきている。

「……ご隠居様」

田ノ倉の名が、出ない日がないほど恨んでいた。そんな寒山が今、合掌《がっしょう》して黙禱《もくとう》を捧げている。お峰はそれを、不思議な面持ちで見やっていた。

「お峰も、霊を弔ってあげなさい」

「はい」

寒山から言われ、お峰も合掌しながら黙禱を捧げる。

「……ご隠居様、かわいそう」

念仏の代わりに、寒山を気遣う言葉であった。気持ちの張りが奪われたことで、この先寒山がどうなってしまうのかが、お峰にとっての気がかりであった。

「わしのことなら、心配しなくてもよい。念仏を唱《とな》えてさし上げなさい」

お峰の呟きが、寒山の耳に入ったようだ。

「南無阿弥陀仏《なむあみだぶつ》、なむあみだぶ、なむあみだぁ」

お峰からすれば、死しても田ノ倉はまだ敵のままである。寒山が、なぜに田ノ倉を許すのか不思議であった。そんな思いだから、唱える念仏もおろそかになる。

「さて、酒井殿のところに行こうか」

暗殺現場では得る物はなく、寒山とお峰は再び駕籠に乗った。酒井家の門前まで一町半ばかりだが、泥濘《ぬかる》む道は歩くにつらい。

「ご当主の酒井盛房様は、お帰りなされてますかな？」

門番に訊《たず》ねると、返事の代わりに、ギロリと眼光鋭く睨《にら》みつけられた。

「元亀岡藩主井川友介でござる。酒井様にお目通りいたしたく、まいりました。お取り次ぎを願いたい」

「……井川様」

寒山が、本名を名乗ると門番に変化があった。

「少々、お待ちを」

門番の一人が邸内に入り、取り次ぎに向かう。もしかしたら井川友介が訪れるかもしれないと、告げられていたものと寒山は踏んだ。

さして時がかからず、門番が戻ってきた。一人の家臣を、連れてきている。

「井川様でございますか？」

「お連れのお方は？」

家臣の目が、お峰に向いている。

「お峰と申す。手前の警護役で連れてきた」

「この女子《おなご》がですか？」

「おなごで悪かったですかな？」

「いっ、いや……」

「それよりも、早く酒井盛房様にお目通りが叶いませんかな？」

家臣の様子を見ると、どうやら盛房までは話が通っていないらしい。

「殿はまだお戻りにならぬ……」

家臣の言葉は途中で止まった。大名帰館の隊列が、大名小路の角を曲がってきたからだ。四十人ほどの家臣を従え、その中ほどに大名の乗り物が陸尺によって担がれている。乗り物の屋根には酒井家の家紋が描かれている。

門前で隊列が止まり、重厚な正門が開いた。槍持ちから邸内に入っていく。乗り物が近づくまで、寒山は待った。

乗り物が、寒山の前を通り過ぎようとする。担ぐ陸尺の足を止めたのは、取次ぎを頼んでいる件《くだん》の家臣であった。

「殿……」

家臣の声で、閉まっていた無双窓が開いた。中にいるのは、紛《まぎ》れもなく酒井盛房である。およそ三年ぶりの再会であったが、寒山にはすぐに分かった。その盛房の目が、家臣の脇に立つ寒山に向いている。

「ご無沙汰《ぶさた》をしております、酒井様」

今はまったく身分の異なる酒井盛房に向けて、寒山は腰を直角に折り、丁寧な礼を示した。

「おや……もしや、井川殿？」

「直《じか》にお会いしたく、こんな格好で失礼と存じましたが……」

「いや、なんの。井川殿が隠居なされたことは聞きおよんでおります。さあ、話は中でいたしましょう。これ、ご案内しろ」

取り次ぎの家臣に命じ、酒井盛房は先に屋敷内へと入っていった。駕籠を外で待たせ、寒山とお峰は後についた。


御客間に通され、しばらく待った。

やがて、太刀持《たちも》ちもなく盛房が一人で入ってきた。寒山の背後にいるお峰に目を向けている。お峰は、畳に顔を伏せて拝している。寒山と盛房が話をしている間は、ずっとその姿勢でいるつもりであった。

「面《おもて》を上げたらどうかな？」

盛房の声音が、お峰に向いた。

「お峰、お許しが出た。面を上げなさい」

寒山の言葉で、お峰は体を起こした。

「名は、なんと申す？」

「峰と、申します」

お峰が、直に答えた。この席で、お峰が声を発したのはこの一言だけであった。

「なかなかよい面構《つらがま》えをしておるの。それにしても、なぜに女子《おなご》を供になされた？」

「盛房様との話のいかんによって、このお峰を動かしますので」

「なるほどの」

それだけの言葉の交わしで、意思は通じた。皆を語らずとも、寒山の来訪の目的は分かっている。そんな意味のこもる言葉が、盛房の一言となって返った。

「改めまして、ご無沙汰をいたしております」

「久しぶりですのう。井川殿も、ご息災のようで何よりだ」

まずは互いに旧交を温め合って、話は本題へと向く。

「いつかは来られると思っていましたが、これほど早くとは思ってもいませんでした」

昨日井川家の本家に報せを出し、それから一日も経たずに寒山が訪れてきた。その迅速《じんそく》さに、盛房も驚いているようだ。

「ご承知のとおり、田ノ倉恒行様はわが井川家に遺恨を残すお方でございました」

寒山は、遠く過ぎ去ったことのような言い方をした。

「田ノ倉様には、ずいぶんと煮え湯を呑まされたと聞かされておりました」

「ですが、当方が襲ったということはけっしてございません」

冒頭から寒山は、盛房にじっと目を据え、身の潔白を訴えた。幕閣がどのように考えているかを、盛房の様子から知りたかったからだ。

「ご心配なさらずとも、誰もそんなことは思っておりませんですぞ」

「それを聞いて、安心いたしました。それで、田ノ倉様を襲ったのは……？」

「それがまだ、まったくどこの誰ともつかめておらん。いずれは、ご老中に恨みを持つ藩の者たちが、徒党を組んで犯行におよんだものと思っておるが」

そのくらいの答ならば、誰でもできる。もっと深く幕府では探索していないのかと、寒山は怪訝《けげん》に思った。

「するとまだ幕府では、誰の仕業か把握《はあく》してはおりませんのですな」

「とにかく田ノ倉様は、あちらこちらで恨みを買っておられたからの。だが、今までそんな強引なやり方でも上様から咎めを受けなかったのは、すべては幕府のためにという信念のもとであったからだ。田ノ倉様の死を、上様は涙を流して嘆いたと聞いている」

将軍の信頼を一身に受け、成り上がった田ノ倉恒行である。幕府のためなら悪役にも徹するといった信念を知って、寒山は今さらながら自らの度量の狭さを感じた。

「酒井様に、お願いがござりまする」

寒山が、畳に手をつき額をうずめて平伏した。

「どうなされましたかの？」

「この一件、この寒山……いや、井川友介にお任せ願えませんでしょうか？」

寒山が、田ノ倉暗殺の下手人を捜し出すと嘆願する。

「いや、それはならん。とにかく、老中という幕府最高役職に就《つ》いておられたお方が暗殺されたのですぞ。これは、幕府が威信をかけて捜し出さなくてはならん。この日も老中、若年寄が全員集まりその意志を確認し合ったところです。だが……」

「だが、なんでござりまする？」

「下手人捜しに力添えいただくならば、拒《こば》みはいたさん。ただし、この酒井の手の者として動いてもらうということでなら」

「むろん、それは心得ておりまする。ならば、手前は井川友介ではなく、酒井様手飼いの隠居浪人、その名を朧月寒山として働くことといたしましょう」

「朧月寒山とは、お手前の雅号であるか？」

「左様でございまする。今は、市井《しせい》に下りて世の悪事を正しておりまする」

「なるほどの。ところで、寒山殿にこたびのことで心当たりはないかの？」

酒井盛房の言葉からだと、幕閣ではまったく下手人に思い当たってはいないようだ。

「幕府も、ずいぶんと杜撰《ずさん》な探索ですな」

寒山の、辛辣《しんらつ》なもの言いであった。

「そう申されるな、寒山殿」

「寒山と、お呼びくだされ。これからは、酒井様の配下となって働くのですから」

「あい分かった。これからは、言葉も改めるぞ」

「それで、けっこうでございます」

田ノ倉暗殺の真相を、酒井の後《うし》ろ盾《だて》のもとに寒山が暴くという線ができあがった。

五

寒山と酒井盛房が膝をつき合わせて語るそのころ、下谷車坂の寒月庵ではちょっとした変事があった。

用足しで外に出ていた白兵衛が、塀の外から中をうかがう不審な者を目にした。腰に刀を帯びた侍風情で、留守をうかがう泥棒には見えない。

「……幕府の探りか？」

寒山からは、気をつけろと言われている。白兵衛の第一感は、そこに向いた。それにしては、おぼつかない探りである。

他人の家を調べるのならば、探っていることを分からぬようにもっと周囲に注意を払わなくてはならない。だがこの男、板塀の節穴をのぞき見ている姿は、明らかに変質者の類《たぐい》である。

――幕府の探りではなく、お峰に気があるのか？

白兵衛は、あらぬほうに気が向いた。となると、とっちめなくてはいけない。

何をしていると、声をかけようとしたところで、相手のほうが白兵衛に気づいた。

「他人《ひと》の家をのぞいて、何をしている？」

「ここの家の者か？」

　まだ三十歳前後と、若い侍であった。ただ、月代は伸び、着ている物も薄汚れているが、問いを発する口調は居丈高《いたけだか》である。

「そうだが、どちらさんで？」

「拙者、今は浪士となったが、つい先日までは遠江は掛山藩主であられました白川家の家臣であった者……」

「白川家というと、寺社奉行の白川継春様……か？」

　今は断絶した白川家の家臣がなぜここにと、白兵衛は驚きと不穏の複雑な表情となった。

「左様。こちらは以前、亀岡藩のご当主であった井川友介様の隠居所と……」

「どうして、それを？」

　まさか、白川継春の家臣にここの存在を知られているとは思いもしていない。しかも、井川友介が隠居して朧月寒山となったことは、公《おおやけ》にはしていない。

「殿は切腹の命を受け……」

「すみませんが、こんなところでその話は。中に入っていただけませんか」

　これは逃してはならないと、白兵衛は敬《うやま》うよう丁重な言葉に改めた。

　雪の残る外でする話ではない。それと、一人で聞く話でもないと、白兵衛は侍を庵内に誘った。

「かしこまった。それで、寒山様は？」

「今、出かけているところです。もう間もなく戻ると思われますので、どうぞ中でお待ちください」

　間もなく戻ると言わないと、侍はまた来ると言って帰ってしまうだろう。それをさせないために、白兵衛は言葉に気を利かした。

　寒月庵の母屋《おもや》に入ると、白兵衛は居間に案内した。そこに、右京ノ介と孔沢も呼ぶ。三人で、寒山が戻るまで引き止めるつもりであった。

　かれこれ半刻が経つ。暮六ツの鐘が鳴っても、寒山とお峰の戻る気配はない。

「まだ、寒山様は戻ってはきませんので？」

「もう間もなくと……」

　この言葉をいく度訊かれ、いく度返しただろうか。むろん、その間手を拱《こまね》いていたわけではない。侍には、来訪の目的を問うている。しかし、寒山が戻ったら語るの一点張りであった。

それでも一つだけ、聞き出せたことがあった。侍の名は原山伝八郎《はらやまでんぱちろう》といい、白川家の徒目付《かちめつけ》として江戸に詰め、寺社奉行では小検使役《こけんしやく》を務めていたという。

「もうそろそろ戻りませんと……また来ますので」

暮六ツの鐘が鳴って、四半刻ほどすると原山は、これにもなく落ち着かなくなった。脇に置いていた大刀を握って立ち上がり、帰ろうとしたのを右京ノ介と孔沢、そして白兵衛が前を塞ぎ原山の行く手を阻《はば》んだ。

「もう間もなく戻る。そうだ白兵衛、酒の用意をしろ。それと、腹も空いておるだろう、何かうまいものを……」

「分かりました……と言っても、お峰がおらんでは」

何も作れないと、白兵衛は困惑した。

「すっぱい梅干があっただろ。酒の肴にはもってこいだ。それを、ご用意してさしあげろ」

「そうでしたな」

言って勝手場に向かったのは、孔沢であった。白兵衛の力がなくなると、原山は逃げ出しかねない。ここは腕力のある白兵衛がいなくては、原山を押さえつけることができないと、酒は孔沢が賄《まかな》うことにした。

熱すぎるほどの燗酒が、差し鍋につけられてきた。

酒井盛房から下手人の心当たりがないかと訊かれ、寒山は座り直した。

「直近で田ノ倉様が恨みを買ったのは、遠江は掛山藩主の白川継春様と思われます」

「寒山は、白川継春の件を知っているのか？」

二人の言葉は、主従のものに変わっている。

「はっ」

「だが、白川継春は二月ほど前、腹を召されたぞ。そのことも、知っておるか？」

「はい。ようく知っております。その一件には、手前が絡《から》んでいたものですから」

「なんだと、おぬしがか？　詳しく話してはもらえんかの」

もとより寒山はそのつもりである。小さく一礼して、語り出す。

「三月《みつき》ほど前の大川《おおかわ》でのこと……」

寒山は、そのときの経緯を語った。

「屋形船を襲ったのは、美濃は元高上藩山森家の者たちであったか。今は、五千石取りの旗本と聞いたが。それが、田ノ倉様を……」

「いや。狙いは田ノ倉様ではなく、船に同乗していた白川継春様でありました」

「白川だと。いったい、どういうことだ？」

寒山の語りは、富くじ興行の陰富仕掛けに入った。そして、白川継春捕らわれの場までを一気に語り終えた。

「これが、真相であります。どうだお峰、語りに抜けたところがないか？」

語り終えると寒山はうしろを振り向き、お峰に補足を委《ゆだ》ねた。

「はい。完璧と思われます」

「それにしても、寒山がその場にいたとは思いもせなんだ。評定での裁きには幕閣と大目付、そして奉行でもって審議し、わしもその席に加わったが。そのとき白川家の断絶を強く押したのは、田ノ倉様ではなく若年寄の西尾三千尚殿であった」

「田ノ倉様ではなく、西尾様がでしたか」

「左様。田ノ倉様は、小さくうなずいただけであった。もっともそれで、白川家の行く末は決まったようなものだが」

「ですが、不思議なものですな」

「何が不思議と申すかな？」

「これまでの経緯からすれば、田ノ倉様を襲撃したのは白川家の遺臣たちであるのが手にとるように分かるはず。いや、そこまで決めつけなくとも、嫌疑がかかるはずですが。幕閣の中では、そんな話が出ておらんのですかな？」

「それはみな一度は考えた。だが、わしが白川の名を出さなかったのは、その西尾殿が反論したからだ」

「西尾様がですか？」

「手を下したものは、別にいるとな。だが、誰かと訊いてもそこまでは分からんと言う。ただ、白川家の者たちでないのは確かだと西尾殿は言い張っておった」

「何を根拠に、そうおっしゃられるのですかな？」

「もし、白川家の者たちが恨みをもって意趣を返そうとしたら、標的は田ノ倉様ではなく自分に向けられるだろうと言った。だが、そんな気配はまったくないし、身の周りは平穏そのものだと」

「なるほど。西尾様の話は、一理も二理もございますな。なにせ、土壇場《どたんば》で西尾様は白川継春様を裏切ったのですから。そのことは現場でもって、はっきりとこの目で見ておりました」

「そこで、白川家の遺臣たちの犯行ではないと決めた次第だ」

「それにしても、ずいぶんと簡単に嫌疑を晴らしましたな。もう少し、突っ込んでもよかったのではございませんか」

「寒山の言うこともっともだ。だが、幕閣の評定で決まったことを覆《くつがえ》すことはできん。それでも怪しいとあらば、おぬしのほうで白川家を内密に探ってくれんかの」

「もとより、そのつもりで酒井様を訪ねました。手前に、この一件を探らせていただけますか。たとえ、白川家残党の犯行でないとしても、何か知れることがあるやも」

「そうだな。先ほど杜撰な探索と悪態を吐《つ》かれたが、そこまで言われるなら寒山も引っ込みがつかんぞ。もし、分かりませんでしたと観念するなら、わしが容赦《ようしゃ》せん」

「そのときは、いかようにも処罰してくだされ」

「処罰といっても、罰する理由がないの。そうだ、よいことがある。田ノ倉様殺害は、亀岡藩主井川家の遺恨の仕業とわしが訴えることにする。どうだ、このくらいの重圧がかからないと、動く気もするまい」

「確かに、よいお考えかと。田ノ倉様殺害の下手人は、この手で必ず捕まえてみせます。叶わなければ、いかようにもご処分くだされ」

かくして若年寄酒井盛房の下命として、寒山は探索に乗り出すことになった。

これは、井川家の命運を賭けた大博奕《おおばくち》であった。

寒山とお峰が、酒井家の上屋敷を出たのは、暮六ツの鐘が鳴りはじめたころであった。

「もし、真相をつかめなければ、井川のお家は断絶になるのでございますね」

「ああ、そうだ。田ノ倉様暗殺の嫌疑は、当家にかかってくるからの。そうならないためにも、心してかからんとな」

日も暮れかけている。外に待たせておいた町駕籠に乗り帰路についた。

六

寒山とお峰が寒月庵に戻ったのは、夜の帳《とばり》が下りた暮六ツ半に近いころとなっていた。

「ご隠居……」

戸口を開けると、右京ノ介と孔沢が迎えに出てきた。二人とも、顔が赤く上気している。酒で変わった顔色ではない。

「今しがたまで……」

「ご隠居を待っていたお客人が……」

右京ノ介と孔沢の言葉が同時に出て、聞き取れない。

「どうした、慌てくさって。両方で話しては、何を言っているのか分からん」

三和土《たたき》に立っている寒山が、一段高い板間に立つ右京ノ介と孔沢を、見上げてたしなめた。

「あら、親方は……？」

忍びの師である白兵衛がいないのを、お峰が訝《いぶか》しがった。

「そのことで、ご隠居に話が……」

弁が立つのは孔沢のほうだと、右京ノ介は語りを任せた。

「今しがたまで、ご隠居を待つ客人がおりました」

「誰だ？」

「白川様のご家臣であった方で……」

「なんだと！　なぜそれを早く言わん　それで、どうした？」

寒山が、地団駄《じだんだ》を踏むような怒りをあらわにした。

「三人でずっと引き止めていたのですが、どうしても行かなければならないところがあると」

「それでも、無理やり引き止めておけばよかったものを」

「むろん、そのつもりでおりましたが、間に合わなければ命に関わると言われたら仕方なく……」

「それで、白兵衛が今、行き先を突き止めているところです」

右京ノ介が孔沢の言葉に被せた。

「そうだったか。ならば、話は奥で聞こう」

ずっと上を向きっぱなしであった寒山は、首が疲れたか二度三度頭を左右に振って式台に足をかけた。

「酒の用意をしてあるではないか」

部屋に入ると、差し鍋の載った膳を見やって寒山が言った。

「はい。酒で客人を引き止めていたのですが」

「そうであったか。遅くなってすまなかったの」

客人を引き止めるための努力をしたと知って、寒山はそれ以上咎めることなく、むしろ遅くなったことを詫《わ》びた。

「ところで白川様のご家来は、何しにここに来た？」

「それが、理由《わけ》はご隠居に直《じか》に話すと言って何も語らず……」

「三十歳前後の、すでに浪人姿でありました。名はなんと言ったっけ、孔沢？」

「原山伝八郎という名で、白川家の徒目付として江戸に詰め、寺社奉行では小検使役を務めていたと申しておりました」

「原山伝八郎か……」

寒山は、呟くようにその名を頭の中に刻み込んだ。

「……会って話がしたかったのう」

眉間《みけん》に皺を寄せ、口をへの字に曲げての、悔《くや》しさこもる寒山の口調であった。

「若年寄酒井様とは、どんな話をなされましたので？」

上半身を乗り出し問うたのは、孔沢であった。

「それがの……」

寒山が、右京ノ介と孔沢の顔を交互に見ながら語りはじめた。

「わしは、白川家の残党が田ノ倉を襲ったものと見ている。ところが、幕府は下手人が別にいるとしている。それがどうもわしには腑《ふ》に落ちんでな、それで探索を任せられることになった。若年寄酒井様からの、密命ということでな」

「それでしたら、柱に縛りつけてでも帰すのではなかった」

悔しさがこもると、右京ノ介の目尻はつり上がる。

「残念だが、それを言っても仕方がない。それにしても、原山という家臣は、わしに何を告げたくて来たのだろうか？」

視線を長押《なげし》に向けて、寒山は考える風となった。

「何もおっしゃってはくれませんでした」

首を振りながら言う孔沢の顔は、苦渋で歪んでいる。

「右京様に孔沢先生……」

お峰が口を挟む。苦虫を嚙み潰したように歪んだ二人の顔が、お峰に向いた。

「どうした、お峰？」

「もし、この度の一件をご隠居様が解決しなかったら、井川家は改易されるそうで」

「なんだと！　どうしてそういうことになるのだ？」

激昂したか、右京ノ介の口から唾《つば》が飛び、お峰の顔面にかかった。「汚いわねえ」と文句を言いつつ、お峰は手布で顔を拭う。

「田ノ倉様暗殺の嫌疑を、井川家にかけると若年寄の酒井様が言っておられました」

「そんな理不尽な」

孔沢が、口を尖《とが》らせて抗議する。

「いや、それを望んだのはわしなのだ。自らを追い込む覚悟で挑まんと、この事件は解決できん。意外と、奥が深そうなのでな」

「ですが、ご隠居のお考えは、すでに白川家の……」

「それが、今しがた原山という家臣がわしに会いに来たと聞いて、考えが変わった」

「白川家の残党の、意趣返しってことではございませんので？」

首を傾《かし》げながら、孔沢が問うた。

「そうも取れるが、そうでないとも取れる。そこで、そうでない場合は誰かということになるのだが、その筈を原山という家臣がもたらせてくれたのではないかと思っておる」

早く白兵衛が戻ってこないかと、寒山は原山のことを考えていた。

「それにしても、その原山という男、どうして寒月庵《こけ》を知った？」

「それについても、何も話してはもらえませんでした。ですが、白兵衛が言うには、ご隠居が井川家の当主井川友介様であったことや、寒山と名を改めていることも存じているようでした」

「なるほどのう」

と一言発して、寒山は考え込んだ。原山が、どうしてここを知ったかが大きな鍵になると踏んでいる。

白兵衛が戻ってきたのは、町木戸が閉まる四ツどき近くであった。遅くなったということは、何かをつかんできたともいえる。その報せを、寒山は早く聞かせろとせがんだ。

「話は聞いた。原山という男はどこに向かった？」

開口一番、寒山が身を乗り出して訊いた。

「それが深川の万年町《まんねんちょう》といったところでして」

「深川の万年町か」

「ここからは、往復一刻半はかかるところでして、ご隠居には縁がございませんでしょうが」

「いや、そうでもない。深川を流れる小名木川《おなぎがわ》沿いに、井川家の下屋敷があるかの」

「そうでございました。ご無礼を……」

「そんなことはいいから、肝心なことを話せ。それで……？」

寒山は脇息《きょうそく》にもたれ、白兵衛に話の先を促した。

「原山という男は、万年町の裏長屋『甚六店《じんろくだな》』に入っていきました。住まいを突き止め、今度はこっちがのぞく番となった次第で。小窓の隙間から中をのぞいていると、赤ん坊の泣き声がしてきました。そこで内儀らしき女が片肌を脱ぐと乳房をあらわにして……」

「その件《くだり》はどうでもいいから、話を先に進めろ」

「ただ、それだけでして。何も変わったことはなく……」

「なんだと。それじゃ、命に関わることだと言って、なぜに原山という男は急いで帰っていったのだ？」

「さあ……」

白兵衛が首を傾げて考える。行きと帰りの道のりだけで、一刻半を費やしたのである。むろん、しばらく甚六店に留まって様子を見たが、何も起こることなく戻ってきたと白兵衛は言った。

だが、白兵衛は見逃していることがあった。もう少し中の話を聞けたら、さぞかし驚いて、白兵衛は大声を発していたかもしれない。

「まあいい。原山の居所が知れただけでも上等だ。明日にでも、わしが行って話を聞いてみるとするか」

元白川家の家臣が田ノ倉を討ったと考えていたが、原山という男の来訪で情勢が変わった。原山という男は、寒山の最も早く会いたい相手となった。

翌日早朝から、寒山は動いた。

白兵衛に案内させ、深川万年町へと向かう。深川まで歩くのはつらいので、浅草花川戸までは歩き、そこから川舟を雇った。万年町と指図すれば、あとは黙っていても船頭が連れていってくれる。寒月庵から半刻もかからず舟は大川から仙台堀《せんだいぼり》に入り、四町ほど先の桟橋《さんばし》に舟をつけた。舟から降り、陸《おか》に上がると景色は一変する。万年町の人ごみの中に立って、白兵衛が首を左右に振った。夜の様子とは違い、白兵衛は目当てとなるものが見つからないでいる。

「どうした、白兵衛？」

「どこの路地を入ったのか……」

「なんだ、甚六店が分からんというのか」

あきれ返ったように顔を顰めて、寒山が苦笑う。するとそこに、小間物屋の路地から三人、浪人風の侍たちが出てきた。その中に、原山の姿はない。

「ご隠居、あそこ……」

指は差さず、白兵衛は目でもって示した。

「もしかしたら、白川家の……？」

「者たちかもしれません。あの者たちを尾《つ》けますか？」

「いや、いい。原山という男に聞けば、事情は分かるであろう。まだ、長屋にいるかもしれん。気をつけて、行かんとな」

やっと探し当てた原山の住処《すみか》に、井川家の遺臣たちが集まっているかもしれない。

「右京も連れてくればよかったな」

ふと口にする寒山の、腰に差した得物《えもの》は小さ刀だけである。だが、憂いは取り越し苦労であった。原山が住まう戸口の前には誰もいない。白兵衛だけが、木戸の中に入り様子を探る。すると、昨夜と同じように赤子の泣き声が聞こえてきた。

「よちよち」と、赤子をあやす女声も聞こえる。

住まいの広さは、六畳ほどだ。九尺二間《くしやくにけん》の四畳半より、いく分贅沢《ぜいたく》に造られた間取りである。その中に原山とは異なる、白兵衛に覚えのある顔があった。思わず「あっ」と驚く声を発する瞬間、白兵衛は自分の手で口を塞いだ。

「何があった？」

白兵衛の様子を、長屋の木戸の外から寒山が見やっている。すると、白兵衛のほうから近寄ってきた。

「驚きで、頭がぶっ飛びそうになりました」

「あの中に、何が見えた？」

「なんと、白川継春様がおられました」

「なんだと！」

寒山の驚きは、自分で口を塞ぐ間もなかった。いったい何事が起きたと、すぐ傍《そば》の障子戸が開き、老婆が顔を出した。

「なんでもありませんで……」

老婆に詫びたのは、白兵衛であった。前歯が二本しか残っていない口から「静かにしろ」と文句を垂れて、老婆は障子戸を閉めた。

寒山の驚く声は、原山の住まいには届かなかったのが幸いであった。

「本当なのか?」

「自分も白川継春様の顔に覚えがあります。確かに、あの屋形船に乗っていた一人に間違いございません」

「これは、驚きだの」

寒山の、どんぐり眼《まなこ》が見開いたままである。驚きも度を越し、普段はまったく見せぬ表情となった。

「切腹はしていなかったのか」

ようやく寒山は自分を取り戻し、その場で考える風情となった。そして、これからどう動くかに思いを馳《は》せた。

「頬はこけ、かなりやつれた様子です」

「さもあろう。あれからずっと一歩も出ずに、こんな裏長屋に身を隠していたのだろうからな。自業自得と言ってしまえばそれまでだが、気の毒なことだ。だが、幕府の沙汰をないがしろにするとは、これはまた捨ててはおけんな」

「ご隠居、お言葉ですが……」

「なんだ、白兵衛。言いたいことがあったら、遠慮なく申せ」

「おそらくですが、原山が寒月庵を訪れたのは、白川様の指図ではないかと」

「白川殿の指図だと？」

「へい。それでなければ、一介の家来が寒月庵の場所を知るわけもなく、ましてやご隠居の素性《すじょう》など語れるはずもございませんでしょ」

「たまには白兵衛も、よいことを言うの。だが、なぜに白川殿は寒月庵を……そうか、それこそ花川戸の船宿から聞き出したか」

寒山の、白髪が混じった眉がピクリと動いた。

「おい白兵衛、あの腰高障子を開けるぞ」

寒山の言う腰高障子とは、白兵衛がのぞいていた家の戸口のことである。

七

寒山は戸口の前に立つと、一つ大きく息を吸い、そして吐いた。

白兵衛は、そのうしろに従っている。

「入るぞ」と、白兵衛に声をかけ、障子戸に手をかけたところであった。

「もし……」

と、背中から声がかかった。寒山がうしろを振り向くと、白兵衛と侍が声を出さずも、口を大きく広げ驚きの表情で互いを見やっている。

「もしや、寒山様で？」

冷静になった侍は、昨日寒月庵を訪れた原山伝八郎その者であった。中には通らぬほどの小声で話しかけた。

「いかにも」

寒山も、小声で返す。

「原山様です」

白兵衛が小声となったのは、原山が口の前に指を立てたからだ。

「ここではなんです。ちょっと、別な場所で……」

大きな声で話せないと、原山が寒山たちを別場所に誘う。

「急に訪れられては、これをしかねませんから」

原山は、手でもって腹を切る仕草をした。とりあえず、事情《わけ》を聞いた上で白川継春と会ったほうがよいと、寒山も判断した。

裏長屋から出て、仙台堀沿いを歩くと小さな茶屋があった。そこで、原山から話を聞くことにする。

「きのうはすまなかったの。庵に戻ったら、行き違いになったらしく……」

「それはよろしいのですが、なぜにここを？」

「申しわけないと思ったが、あっしがあとを尾けさせてもらいました」

白兵衛が、頭を下げて詫びた。

「左様でしたか。まったく尾行には気づきませんでした。さすが、井川友介様のご家来と、感服つかまつりました」

「ところで、なぜにわしの名を……？」

「殿は寒山様のことを知っておられました。いつぞやの屋形船の折から」

「やはりのう。それで、田ノ倉様もわしのことを……？」

「いえ、そこまでは身共は存じ上げません」

「それにしても、なぜにこんなところに白川殿が……？」

「幕府から切腹を命ぜられましたが、間一髪《かんいっぱつ》のところで止めたのはわれわれでございます。畳床を野良犬の血で汚し、介錯《かいしゃく》した頭は小塚原《こづかっぱら》の刑場で晒《さら》されていた生首の中から似ているものを選び、幕府にはそれを証《あか》しとして差し出しました」

――それほど内密なことを、なぜにわしなどに打ち明けるのだ？

寒山が、ふと抱いた疑問であった。だが、その答を原山はすぐに出す。

「なぜに寒山様に、こんな大事なことを話すかと申しますと、これは殿のご意向なのです。この世の中で、寒山様だけが信用のおけるお方だとおっしゃっておられました」

「白川殿が、そんなことを？」

「かなり以前のことですが、殿がお城の詰所で書簡を落とされ、それを届けていただいたことがあると。それがいかに大切なもので、他の人に渡ったらそれこそ一大事。そんな些細《ささい》なことでも、殿はずっと井川様のことを感謝なされておられました」

その書簡を届けたのは白兵衛であった。思い出したか、白兵衛が小さくうなずいている。

「よほど、大切な物だったのだろうの」

態度ではさほど感謝の意は伝わらなかったが、それが密書なだけに大仰《おおぎょう》にはできなかったのだろう。気持ちの中では、言いつくせぬほどの謝意があったのを寒山は今になって知った。

「それで、殿は寒山様だけに打ち明けたいことがあるそうで」

「わしにだけだと？　ならば、なぜに先ほど戸口を開けるのを止めた」

「ご無礼をいたしました。殿はまだ露見を恐れ、幕府の来襲に恐々としております。それで、片時も脇差を離さずに、それも抜き身でありました。屋内から戸口を見ても、面相は暗くて分かりません。いきなり入りますと、殿はご自分の腹を召すどころか、奥方様もお子様も刺しかねないと。それだけ、神経が荒《すさ》んでおるのです」

「となると、あの赤子は……？」

「殿のお子様でございます」

「お乳をくれていたのは……？」

ふくよかな乳房を目にした白兵衛が問うた。

「はい。ご正室様です」

——大名で且《か》つ、寺社奉行であった一家が、あんなうらぶれた長屋に住まわれていたとは。

つくづくと、諸行無常を感じる寒山であった。

「殿と会っていただく前に、それで少し話をさせていただきました」

いろいろと事情を知った上のほうが、寒山としても白川継春と話がしやすかろう。原山の対処を、寒山はありがたく思えた。

　原山から予備知識を与えられ、寒山と白兵衛は甚六店へと戻った。

　三人は、戸口の前で一度呼吸を整える。

「それでは、開けますので」

　小さくうなずきながら、原山が腰高障子に指をかけた。

「ただいま戻りました」

　平常な声に戻し、原山は障子戸を開けた。

「おお、原山か。どこに行っておった？」

　しゃがれた男の声が返った。と同時に、赤子の泣き声が聞こえてきた。「よしよし、よい子じゃ」と、母が赤子をあやしはじめた。父母子《おやこ》三人の声を同時に聞いて、寒山はいたたまれぬほどの痛みを胸に感じた。

「殿に、お客様をお連れしました」

「客だと？」

　怯《ひる》む声音が返った。

「ご安心なされませ。殿がお望みになっておられましたお方です」

「すると……？」

「話は聞かせていただきましたぞ、白川様。ご無沙汰しておりますな、井川友介……いや、今は朧月寒山でござる」

「おお、井川殿……寒山と申されたな」

「寒山とお呼びくだされ」

狭い三和土に立って、寒山が応答する。父との対話に和《なご》みを感じたか、赤子の泣き声が止んだ。

「白兵衛は、ここで待ってろ」

六畳の間に、赤子を含めて六人は狭いと、白兵衛は土間の縁台に座って話を聞くことにする。


原山が、寒山を連れてきた経緯を継春に説《と》いた。

「左様であったか。ご苦労だったの」

寒山が、井川継春の顔を見たのは、三月と経っていない、まだ寺社奉行でいたときであった。富くじの売り上げを役宅に運んだ際、面《おもて》は合わせず遠目で見ていた。

「そのとき身共は、継春様のことを門前から見ておりました」

寒山が、寺社奉行の役宅でのことを語った。そして、富くじのからくりのことを、済んだことだと、寒山の語りは責めることなく淡々とした語調であった。

「左様でしたか。悪いことはできんものですな。あの件は自分も魔が差し、手を貸してしまった。その報《むく》いが、今こんな様《ざま》となって……」

「ちょっと待ってくだされ、継春様。今、自分も魔が差し手を貸してしまったと言われましたが、誰に手を貸したのでございますかな。もしや、老中田ノ倉様では？」

「いや。田ノ倉様は、富くじの件にはまったく関わりがない」

「田ノ倉様ではないとすると……？」

「すべては、若年寄西尾三千尚の描いた図でありました。ええ、すべてです」

継春は『すべて』と、二度言って強調した。

「このことを、寒山殿に語りたく、原山を差し向けた次第。ええ、寒月庵のことは調べさせてもらいました。あの大川で徒党に襲われたとき、そこにいるお方に助けられましたな」

継春の目は、土間にいる白兵衛に向いている。

「その船に、寒山殿が乗っていたことは知っておりました。船縁《ふなべり》に隠れていたようですが……」

「そうでござったか。どうも、身を隠すのが下手《へた》なようですな。そこで、田ノ倉様は身共に気づいておられましたかな？」

「いや、そんな気配はなかったようでござる。ところで、なぜに田ノ倉様をそれほど気になさるので？」

まだはじまって間もない会話の中に、寒山は田ノ倉の名を二度三度と出した。それを継春は、訝しがったのだろう。

「実は、田ノ倉様には井川家もずいぶんと苦汁を舐めさせられたものでして。先だって、田ノ倉様が暗殺されたのをご存じで？」

「むろん、知っております」

「暗殺の嫌疑が、当井川家にかかってくるのではないかと案じており、その疑いを晴らすために動いておるのです」

「それは、当家も同じこと」

口を出したのは、部屋の隅に控える原山であった。

「身共も、白川家の元家臣の犯行ではないかと疑っておりましたが……」

「いえ、天地神明に誓ってわれらではございません」

原山が、盛んに首を振って訴えているのが分かる。声にブルブルと震えがあるからだ。

「ええ。今、ここにいることで、それはないと判断しております。となると、誰かということになりますな」

「私は、西尾の悪政を確かめるために生き延びることにしました」

「すべては、若年寄西尾三千尚の描いた図と言っておられましたな」

「左様です。そして、西尾の集大成は老中田ノ倉様を亡き者にすることでした」

「えっ！　なんですって？」

驚く声は、土間の方から聞こえてきた。白兵衛の声に驚いたか、赤子が再び泣きはじめた。

「白兵衛、声がでかい」

「申しわけございませんでした」

寒山のたしなめに、白兵衛はばつが悪そうに下を向いた。赤子を泣かしたのを気にしている。

八

若年寄西尾三千尚を陥れようとも、断絶となった白川家ではいかんともしがたい。ましてや、元藩主白川継春は切腹したことになっているので、表には一切出られない。

「私はこんな身。そこで、寒山殿にお頼みしたかったのでござる」

白川継春が、両手を畳について嘆願している。もとより、寒山には異存がない。ただ、引き受けると答を出すのはもう少し話を聞いてからとする。

「すると、田ノ倉様を殺《あや》めたのは西尾様とおっしゃいますので？」

「九分九厘、間違いないものと」

「九分九厘では、まだ別の者がいることも考えられますな」

「でしたら十分十厘、百分百厘と置き換えまする」

「その根拠は？」

「あの西尾は、老中の欠員が出るのを狙っていました。狙う座とすれば、すこぶる評判の悪い田ノ倉様が最良。恨みを買う者は、数多くいます。現に井川家もそうでございましょう。それで西尾は、白川家を潰し、濡れ衣を着せようとしています」

「ですが西尾は、田ノ倉様を襲ったのは白川家の残党ではないとおっしゃっているようで」

「誰から、そんなことを聞かれなされたか？」

「ある幕閣であります。身共の盟友だったお方で、その名は今は伏せさせていただきます。そのお方から、幕府での評定のことは聞きおよんでおります。その方の話では、西尾様は田ノ倉様暗殺は白川家の犯行でないと、御家をかばっているそうですぞ」

「西尾が当家をかばっていると？　そんなことはないはず」

継春が、小首を傾げて考える風となった。削《そ》げた頰をピクピクと震わせ、思考に耽る。寒山は黙って次の言葉を待った。

赤子が泣き止み、今度はキャッキャキャッと笑い声を立てはじめた。それと同時に、継春の目が寒山に向いた。

「それは、こういうことかと」

「どのような？」

「わが家臣を捕らえると、西尾自らの首を絞めることとなります。なんといっても、ここにいる原山たちは西尾の悪事を知りすぎている。だが、何も触《さわ》らなければ、大人しくしていることは分かっている。田ノ倉様のあとを継ぎ、老中にさえなってしまえば、あとはどうにでもなる。捕まえて陰謀を語られるより、事件をうやむやにさせたほうが得策と考えているのでしょう」

「すると、田ノ倉様の暗殺は……？」

「西尾の手の者ってことになると、むしろはっきりしましたな。田ノ倉様を討った下手人を捜すのに、のらりくらりしているところが何よりの証拠。本来なら、老中が暗殺されたのだから、もっと早く誰の仕業か分かってよいはず」

言い切る継春の口調に、寒山も同意するのか大きくうなずいて見せた。

「ですが、どっこい。私はまだ生きておるし、寒山殿も探りを入れている。それを西尾は知らずに、今ごろはのうのうとしているでありましょう」

腰巾着《こしぎんちゃく》の振りをして、田ノ倉恒行を殺《あや》める。

「ところで継春様は、山森家という旗本をご存じですかな？」

「ええ、よく知っております。あの山森家も代々西尾家から苦汁を呑まされたお家でございます」

「なんですと、西尾家から……？」

これまで山森家の衰退は、白川家の先代が仕掛けた追い落としが原因であったとばかり寒山は思っていた。

「古いことはあまり存じませんが、山森家を陥れ、お家断絶まで追いやろうとしたのは、当代の西尾三千尚。なんせ先代の老中西尾忠尚こそ金の亡者。逆らうと、とにかく酷《ひど》いお咎めが待っております」

――今まで、田ノ倉恒行こそが井川家に辛酸《しんさん》を舐めさせていたものとばかり思っていたが、違ったのか。

寒山の脳裏に、そんな思いがよぎる。

「すると、山森家を陥れたのは、白川様ではなかったので？」

「とんでもござらぬ。むしろ、身共はお家断絶まではなかろうと、寺社奉行の身でありながら田ノ倉様に嘆願したのです。それで、改易ではなく五千石の旗本となって収まることができたのです」

「ですが、山森家では白川家により陥れられたと思ってますぞ」

「それは、とんでもない誤解だ。助けこそすれ、陥れたなどと。みな、西尾親子の計略によるもの」

継春は、はっきりと断言した。そして、寒山もこれまでの考えを改める。

「……西尾三千尚こそが稀代《きたい》の悪党」

唇を噛んで、寒山が呟く。その間も、白川継春の話はつづいている。

「とにかく西尾三千尚は、金欲、性欲、権力欲を餌《えさ》に生きる畜生、外道。あれが老中の座についたらこの世も末でござる」

継春も、寒山同様に罵《ののし》る。

――これではいかん。少し頭に血が上りすぎている。

「しかし、今まで話したことは状況の把握だけで、確たる証しではありませんな。それがなくては、西尾を完膚《かんぷ》なきまで陥れることはできませんぞ」

二人して悪態を吐《つ》いても、それだけでは埒《らち》が明かない。冷静になって考えようと、寒山は顔面を真っ赤にする継春を宥《なだ》めた。

「左様でありますな。ここまで来たら確たる証しを……それがなんともつかむことができない」

生きて屍《しかばね》となっている継春にとって、歯痒《はがゆ》い思いであるのは寒山にもよく分かっている。

「ならば継春様、この件は身共に任せてくれませんか。お子のためにも、けして悪いようにはしません」

「むしろ、こちらからお願いしたいことです。私が手助けができればよいのだが……」

「ならば、これから一緒に考えましょうぞ。いかにして、西尾を陥れるか。それは、当井川家の遺恨でもありますからな」

「異存はござらぬ。だが、どうやって西尾を……」

良案は、すぐに思いつくものではない。薄暗い家の中で、重い沈黙が宿った。

「そうか……」

しばらくして、重い沈黙を破ったのは寒山であった。

「これは西尾三千尚のところに、乗り込むしかあるまい。直《じか》に三千尚に会って、糾弾《きゅうだん》するのよ。そのために、継春様も一緒に行ってもらいたい」

「一緒にですか？　ですが、身共は死んだ身……」

「生き返ればよろしい」

「ですが、今さら。幕府の命に逆らって、生き延びているのですぞ」

「それは、西尾の謀略によるもの、多少の咎めはあるかもしれませんが、西尾の悪政を暴けば罪が帳消しになるかも。あとは、継春様の勇気に懸ける以外にないですな」

「それにしても……」

ためらいが、継春の口から漏れる。

「もしよろしければ継春様、外に出てみませんかな?」

「外にとは、どこに?」

「今はまだ昼どきなので、夕方になりましたら」

「どうする、原山?」

継春が、寒山のうしろに控える原山に問いかけた。

「寒山様をお頼りになられたのですから、お信じなされたらいかがと」

「左様であるな。どうせ一度は死んだ身、どう転ぼうが痛くもあるまい」

寒山の考えをみなまで聞かぬも、継春は気持ちを決した。

「それで、行くところとは?」

「西尾と同じ、若年寄の酒井備後守盛房様の上屋敷です。このお方と密かに会って、すべてを語っていただければ、悪いようにはならないものと」

「もしや酒井様というのは、寒山殿が先ほど申した盟友と言われたお方のことですか?」

「左様。酒井様と会って、まずは生き返られたらよろしかろう。順序を踏まんといかんですからな」

「かしこまった」

継春の決意が、言葉と深々と下がる頭に表れた。

——さてと、そのあとをどうするかだ。

腕を組み、宙を見据えて寒山は考えに耽った。するとそのとき、赤子の寝息が聞こえてきた。赤子のほうに寒山が目を転じると、しっかりと母親の腕の中で、安心しきって眠っている。

寒山は、今しがた継春が言った言葉を思い出していた。

『——わが家臣を捕らえると、西尾自らの首を絞めることとなります。なんといっても、ここにいる原山たちは西尾の悪事を知りすぎている』

云々《うんぬん》と。

「……これを利用するか」

寒山が、ふと呟いた。そして、うしろを振り向き、原山に話しかける。

「原山殿……」

「はっ」

「おぬし、殿のために腹を掻《か》っ捌《さば》く覚悟があるか？」

「むろんでござりまする」

間髪《かんはつ》入れずに、原山の答が返った。

「ならばこれから訴え出て、評定所で西尾の悪事をぶちまけてくれんか」

「よろしいですとも。では……」

早速とばかり、原山は立ち上がろうとする。

「ちょっと、待ちなされ。話を最後まで聞いても、遅くはなかろう」

原山は、浮かした腰を元に戻した。

「相手の懐に飛び込むには、この策しかあるまい。ただ、仕損じると首が飛ぶがの」

「拙者、やってみます。ぜひ、やらせてくだされ」

「よし分かった。すべては、酒井盛房様のお墨付きをもらってからだ。それを持ってわしと継春様は西尾の屋敷に乗り込み、原山殿は評定所に奔《はし》ってくれ。白兵衛、夕方までにはまだ間がある。これから寒月庵に戻って、みんなを連れてきてくれんか」

「お峰もですか？」

「もちろんだ。これからわしらみんなして、積年の恨みを晴らすのだからな。ああ、それぞれ得物を持ってな。わしの、大小も忘れるな」

「すると、殴り込みで？」

「わしはやくざではない。得物はあくまでも、保身のためだ。場合によっては、西尾家の家臣を相手に立ち回ることになるかもしれんからの」

五万石の大名家の邸宅内には、侍だけでも二百人以上は住んでいる。

「ならば、拙者もそれに加えてくだされ」

原山が嘆願する。

「いや、駄目だ。おぬしがお上《かみ》に訴え出ることによって、白川家は再興が果たせるかもしれんのだ。もしも継春様が返り討ちにあったら、そこにいるお子が白川家の跡取りになる。そのための、大事な役目だ」

「寒山殿……」

頭を垂れたのは、白川継春であった。

「今夜は、討ち入りになるかもしれんの」

思えば十年前の、松の廊下が発端だったと寒山は苦笑した。

「……これで雪が降ったら、元禄《げんろく》の話とそっくりだ」

口をへの字に曲げて、寒山が呟く。

「何か言われましたか?」

「いや、なんでもござらん」

継春の問いに、寒山はふっと鼻息を漏らして返した。

九

夕七ツ半。西の空が真っ赤に燃え、今夜は雪は降りそうもない。

寒山は、腰に大小二本を差し、酒井家の門前に立った。伴うのは、白川継春とその家臣原山伝八郎である。寒月庵の面々は、町屋の茶店で待つことにしてある。

落ちぶれたとはいえ、元は大名である。裃とはいかぬも、矢羽の家紋が入った羽織を纏い、袴立ちは正装に準ずる継春の装いであった。

酒井盛房との対面は、すんなりとなされた。白川継春が生きていたと知ったときは、盛房もかなりの驚きを見せたが、すぐに平静に戻っている。

経緯の語りだけでも、半刻はかかった。寒山が取りもち、継春と原山が詳細を語り終えた。

「今の話に、間違いはなかろうな？」

語りをずっと黙って聞いていた盛房の返しは、その一言であった。

「はい。間違いは、ございません」

継春と原山が、畳に平伏して神明に誓った。

「分かり申した。ただし、継春殿の処遇は、わしにはなんとも言えん。だが、西尾の悪事は、なんとしても確証をつかまねばならんの。これから西尾のところに赴《おもむ》けど、直《じか》に行っても門前払いを食らうだけだ。わしの書状があれば、目通りも無下《むげ》にはするまい。少しばかり、待っていてくれ」

言って盛房が立ち上がった。御客の間から出て、しばらくして戻ってきた。封がなされた書状を手渡される。

「それを持って行きなされ。場合によっては、抗《あらが》いがあるやもしれん。大名家となれば、相当数の家臣を相手にせねばならんぞ。返り討ちに遭うかもしれんからの、心してかかれ」

「もし、そうなったらと思いまして、これから原山を評定所に奔らす所存です」

返したのは、継春の口からであった。寒山は、脇で小さくうなずく。

「それで寒山も、一緒に行くと申すか？」

「当井川家も、西尾様によって煮え湯を吞まされました。むろん、それなりの詫びを入れてもらうつもりです」

「謝ってもらえればよいがな。あの西尾という男は、自分の保身のためなら、何をしでかすか分からん。田ノ倉様を討ったのが本当だとしたら、すでに狂気としかいえん。どうあっても、糾弾してきてくれ。これは、幕府の望みだ」

幕閣としての立場で、酒井盛房から発破《はっぱ》がかけられた。

「かしこまりました」

酒井盛房との謁見は、ここまでであった。

屋敷の外に出ると、原山は和田蔵《わだくら》門近くの評定所へと向かった。


日本橋の大通りも、暮六ツを過ぎれば両側に並ぶ大店の大戸も下り、すっかり人の通りも少なくなる。

寒山と継春を中にして、右に右京ノ介とお峰。左に孔沢と白兵衛が、すっかり日の暮れた大通りを、横一列となって歩く。その六人の着姿は、それぞれが違っている。通行人は少なくなったといえど、そこはまだ日本橋である。夜の繁華街に繰り出す人々は多く、好奇な目で寒山の一行を見やっている。

向かうところは西浜町の、西尾三千尚の上屋敷である。そこまで行くには、江戸橋《えどばし》で日本橋川を渡り、すぐに荒布橋《あらめばし》で東堀留川《ひがしほりどめがわ》から小網町《こあみちょう》に向かう。細くなる道は、横一列から縦一列となって進む。六人の目は、前の一点に向き、血気がほとばしっている。

その昔、遊郭であった元吉原は住吉町《すみよしちょう》の辻を曲がり南に向かうと、すぐに武家地に入る。大名の上屋敷と、大身旗本の屋敷の塀が、大川までずっとつづく。

西尾の上屋敷は、大川から手前二町ほどのところにある。唐破風の屋根が載った、正門の前に六人が横並びに立った。

「よし、おぬしたちは少し離れたところにおれ」

先に、寒山が屋敷内に入り、継春と右京ノ介たちはそれを追う算段であった。

正門は固く門扉《もんぴ》が閉まり、屋敷内には脇の潜り戸から入る。しかし、その潜り戸は閂《かんぬき》がかけられ、開けることができない。

夜の帳が下りれば、門番は立っていない。だが、寒山は焦《あせ》ることはなかった。長屋門の下に、門番の詰所があるからだ。その引き戸を、寒山が拳《こぶし》でもって激しく叩いた。

「誰ですかい、今ごろ？」

中間《ちゅうげん》にも見える小男が、引き戸を開けて出てきた。

「若年寄酒井備後守盛房様の書状を持参した。西尾三千尚様に目通りを願いたい」

寒山が門番と向かい合い、封のされた書簡を差し出した。

「少々、お待ちを……」

寒山が誰とも確かめずに、門番は屋敷の中へと入っていった。しばらく待つと、潜り戸が開いて二人の家臣が出てきた。

「酒井様の遣いですかな？」

「左様。拙者、酒井家の江戸留守居役補佐をいたす、南野島之介《みなみのしまのすけ》と申しまする。殿からの仰《おお》せで、火急の書状を持参いたしました」

方便も、道々に考えてきたものである。

「どうぞ、お入りくだされ」

家臣が二人、寒山を案内する。

寒山が邸内に入るのと、門番が詰所に入るのを見届けてから、白兵衛が屋敷に近づいて潜り戸を開けた。中の様子をうかがい、家臣がいないのを確かめて五人は屋敷内へと潜入した。

御玄関の三和土に、寒山の雪駄が置かれている。それを拾うと、白兵衛は懐にしまう。五人は土足で、式台を踏んだ。

西尾家の上屋敷は、敷地だけでも五千坪。建家の坪数を合わせると、千五百坪はある。その中の一部屋に、寒山は案内されている。

寒山は、長い廊下を家臣のうしろについて歩いた。五人があとを追えるよう、孔沢から手渡された灸《やいと》で使う艾《もぐさ》を千切り、廊下に落として標《しるべ》とした。

御客の間であろうか。絵描きが自筆で描いた襖の前で、千切った艾は途絶えている。途中、いく人かの家臣の姿を見かけたが、隠れるところはいくらでもある。千五百坪の家に住む人の数は、五十人といない。みな、屋敷を取り囲む長屋塀の中に、家臣たちの住まいがあった。

御客の間に、二間《けん》ほどの間を取り寒山と西尾三千尚が向かい合って座っている。太刀持ちと、案内をした侍が二人、警護役として背後に控えている。

「そなた、南野と申したそうだが、どこかで見た顔であるな」

千代田の城中では二、三度顔を合わせたことがある。詰所が違っていたので、話はしたことがない。寒山とは、十歳ほど齢が下である。その下膨《しもぶく》れの業《ごう》突く張りで、偏屈《へんくつ》そうな顔は今でも変わってはいない。

「どこにでもある顔と思われます」

寒山は誤魔化《ごまか》すも、こめかみから一筋の汗が滴《したた》り落ちた。

それ以上は触れられることなく、寒山はほっとする。

「酒井殿からの書状とは……？」

「はっ。これでござります」

寒山は、書状を自分の膝先に置いた。中に、何が書いてあるかは分からない。

「おい……」

と一言、三千尚が家臣に命じた。家臣が近寄り、書状を拾い上げ三千尚に手渡した。

「何が書かれておる？」

と独りごちて、書状を開く。巻いて折られた書状は、文字数があまり多くなさそうだ。一読して、三千尚の形相《ぎょうそう》が鬼面のように変わった。

「なんだ、これは！」

屋敷中に響き渡るほどの恫喝《どうかつ》が、寒山に向けて放たれた。

「殿、何かございましたでしょうか？」

三千尚は、太刀持ちから刀を取り上げると白刃《しらは》を抜いた。そして、控える家臣に命じる。

「おい、この者を捕らえよ。生かして、帰すでないぞ！」

「はっ」

抜刀した二人の家臣が、寒山の正面に立った。

「なぜに拙者を……？」

寒山は、酒井盛房が書いた書状の中身を知らない。

「書状を読んでみろ」

開いた書状を、西尾は寒山の膝元に放り投げた。そこには――。

観念いたせ西尾三千尚殿
老中田ノ倉恒行様の暗殺
及び悪事の数々
露見いたし候
　酒井盛房　花押

と五行で記されている。

「酒井様の言うとおりでございます、西尾様。きょうは、積年の恨みを晴らしにまいりました」

「おぬしはいったい……？」

「先ほどは、南野なんとかと申しましたが、実は西尾様が申しますとおり、以前城中で顔を合わせたことがあります、元亀岡藩井川家当主、井川友介でござる」

「あっ、やはり」

三千尚の顔面が、赤から青へそして蒼白《そうはく》へとめまぐるしく変わる。これこそ証しと、寒山は三千尚を追い詰める。

「その顔色を見ますれば、やはり田ノ倉様を殺害したのは……」

「黙れ、小大名の分際で。えーいかまわぬ、斬れ斬れ、斬れーい！」

どす黒い顔で、三千尚は絶叫を轟《とどろ》かす。それが合図となって、一方の絵襖《なだ》がカタッと音を立てて開いた。それと同時に、継春たち五人が御客の間へと雪崩れ込んだ。

「西尾様、ご無沙汰いたしておりまする」

「うわっ、おのれは……」

三白眼《さんぱくがん》の白目を剝《む》いて、三千尚の驚愕《きょうがく》の表情が白川継春に向いている。

「かなり痩せはしましたが、幽霊ではござらぬ。貴殿から陥れられたつけを、払いにまいりました。どうか、お覚悟を」

二十畳ほどある御客の間に、今いるのは西尾側が四人でそのうち一人が小姓の太刀持ちである。寒山側は、得物を手にした六人と、圧倒的に有利な立場であった。だが、すぐに優劣は逆転する。

三方の襖が同時に開くと、四十人ほどの家臣に取り囲まれた。

「殺《や》れ！　全員この場で斬り殺してしまえ！」

顔面蒼白にして、三千尚が号令をかけると、家臣たちは一斉に刀を抜いた。

「殺される前に、西尾殿に訊きたいことがある」

寒山が、三千尚に言葉をかけた。

「老中田ノ倉恒行様を殺《あや》めたのは、そこもとの仕業に間違いないな？」

やはり、言葉にして証しを取りたいと、寒山はあえて問うた。

「ならば、どうする？」

「それさえ聞ければ、われらそろって冥土《めいど》に行きもうす。これだけの数のご家臣、われらだけで相手にできるはずがござらんからの。潔《いさぎよ》く、刀の餌食《えじき》となりましょうぞ」

家臣たちを斬ったとて、恨みは輪廻《りんね》転生《てんせい》で巡るもの。すでに寒山たちは、西尾家を死に場所として決めていた。それが、西尾の悪事を証明する最良の方法であると。

「これまで世話になったの」

寒山が向ける言葉は右京ノ介と孔沢と白兵衛、そしてお峰にであった。寒山の持つ刀が畳に置かれ、それに倣《なら》うように、四人の得物が足元に捨てられた。

「楽しかったです、ご隠居様……」

涙を一筋落とし、お峰がくぐもる声で言った。

六人が部屋の真ん中に座らされ、抜刀した家臣が取り囲んでいる。

「殿、討ち果たしますか？」

「観念しているのだ、抵抗はあるまい。ならば、ここでは部屋が血で汚れる。庭に連れ出し、そこで全員の首を刎《は》ねよ」

六人が早縄で縛られ、庭へと連れ出される。

寒山たちの中で、誰も口を利く者はいない。往生際《おうじょうぎわ》だけはきれいにしようと、予《あらかじ》め覚悟は決めていた。

「……時世の句は詠《よ》めぬが、仕方がなかろう」

呟きにも、寒山の覚悟が垣間《かいま》見える。

六人が、土の上に横並びで座らされた。それぞれの背後には、家臣が立って白刃を天に向けている。一斉に振り下ろせば、寒山たちの人生はここで終末を迎えることになる。

まさに、三千尚の号令が下される既《すんで》であった。

遠くから、ウワーッと天をつんざくような喚声《かんせい》が聞こえてきた。遠くといえど、屋敷の中である。

「何事が起きた？」

三千尚の気は、騒ぎのほうに向いた。すると、背後の家臣が持つ刀の鋒が地面を差した。

寒山たちは、少しの間、生きながらえたようだ。

そこに、血相を変えた家臣の伝達が入る。

「殿、五十人ほどの徒党が……」

「なんだと？　誰の手の者だ？」

「それが、田ノ倉様の家臣たちのようで。主君の意趣返しとか、叫んでおります る」

「田ノ倉の、家臣の討ち入りか？　おい、屋敷内にいる全員……」

三千尚が命令を下すところに、肩に傷を負って、血だらけとなった家臣が駆け込んできた。

「殿、すでに五十人ほどが討ち取られ、間もなく徒党がここに駆けつけてきます」

苦痛に顔を歪め、それだけ伝達すると手負いの家臣は土の上に横たわった。

「われらが止めておきますので、殿はお隠れになって」

傍につく、家臣が進言する。

「そうだな」

三千尚が逃げ出そうとするのを、寒山たちが立ち塞がった。そして、右京ノ介が三千尚の腹に当て身を食らわすと、膝から頽《くずお》れた。

白兵衛とお峰は、忍びの術で縄を解くなど容易《たやす》いことである。家臣の一人から刀を奪うと、寒山たちを縛る縄を断ち切っていたのだ。

そこに、返り血を浴びた田ノ倉の家臣たちが、塀門を蹴破《けやぶ》って乱入してきた。

「田ノ倉恒行様の、ご家臣たちだな？」

寒山が、両手を広げて行く手を止めた。

「左様。邪魔立てすると、容赦せぬぞ」

「早まるでない。西尾三千尚は捕らえてある。もう、家臣たちの抗いはなかろうから、刀を納めよ」

寒山が、命令口調で言った。田ノ倉恒行の霊が、乗り移ったような寒山の姿に、討ち入った藩士たちは片膝をついた。

田ノ倉の家臣の数は、奇《く》しくも四十七人いる。

「西尾の首を取ったら、おぬしたちはみな切腹せねばならん。まだ、御家が存続する限り、早まってはならん。間もなく幕府の捕り方がここに来るであろう。西尾の裁きは幕閣に任せ、それを意趣返しとしたらどうかな?」

「拙者は、白川継春でござる。この手で殺したいほど西尾が憎いが、そうなると白川家の再興も叶わぬ。ここはぐっと堪《こら》えて、幕府の沙汰に任すことにする」

寒山と継春の説き伏せに、四十七士は刀を鞘《さや》に納めた。

それから半刻後、継春の家臣原山の訴えによって、大目付が三十人ほどの配下を連れて駆けつけてきた。すでに正門は、矢来《やらい》でもって閉門となっている。

「若年寄西尾三千尚様に、上様から捕縛の命が下りました」

陣笠を被った大目付が『下』と記された、将軍の下命を西尾三千尚に突き付ける。

西尾三千尚は縄を打たれ、用意された唐丸籠《とうまるかご》へと押し込められた。

「白川継春様でござるな」

大目付の顔が、継春に向いた。

「一緒にお越し願います。改めて、評定所での吟味《ぎんみ》がございます」

「かしこまった」

継春が、素直に従う。そして、寒山に体を向けると、深々と腰を折って礼を示した。

「お家が再興されることを、祈っております」

寒山が、うなずきながら言葉を返した。

むろん寒山たちに咎はなく、その場で解放された。

下谷車坂までの、帰路は遠い。

「みんな、一度は命を失った身だから、これで気持ちが軽くなったの」

「これからご隠居は、どうなさるので？」

右京ノ介の問いであった。

「もちろん、寒月庵でこれからもみんなと暮らすことにする」

「それで、田ノ倉様亡きあと、ご隠居は何をなさりますので？」

孔沢の問いに、寒山は片頬を少し上げ、笑みを浮かべている。

「どうも人助けが癖になってな、これからどんどん悪党を退治してやろうと思う。どうだ、みんなしてやらんか？」

「当たり前です。それはそうと腹が減りましたな、ご隠居」

「あたし、鰻《うなぎ》が食べたい」

白兵衛とお峰の返事で、寒山の、この先の生きる道が決まった。

コスミック・時代文庫

覚悟《かくご》しな 悪党《あくとう》
隠居大名始末剣

【著 者】
沖田《おきだ》正午《しょうご》

【発行者】
杉原葉子

【発 行】
株式会社コスミック出版
〒154-0002 東京都世田谷区下馬 6-15-4
代表 TEL.03(5432)7081
営業 TEL.03(5432)7084
FAX.03(5432)7088
編集 TEL.03(5432)7086
FAX.03(5432)7090

【ホームページ】
http://www.cosmicpub.com/

【振替口座】
00110 - 8 - 611382

【印刷／製本】
中央精版印刷株式会社

乱丁・落丁本は、小社へ直接お送り下さい。郵送料小社負担にて
お取り替え致します。定価はカバーに表示してあります。